KB066213

흔들리는 즐거움

글 · 이동훈

어문학사

차례

I.

첫 마음으로

1. 흔들리는 즐거움

산에 가서
산을 가만 흔들어봅니다
낙엽이 사르락
화답하며 떨어집니다

물에 가서
물을 가만 흔들어봅니다
손등 위로 호르르
물이랑이 집을 짓습니다

바람이 불어옵니다
나는 흔들리며
흔들리며
가없는 하늘 속으로 빠져듭니다

봄

• 봄비가 대지를 촉촉이 적신 하루였습니다. 가뭄 끝에 오는 비라서 반갑기가 더합니다. 봄비처럼 나도 누군가에게 늘 반가운 사람이 되었으면 좋겠습니다.

• 약간의 소금기가 바다를 얼지 않게 하듯이, 짧으나 열동(열심히 운동) 시간이 있어 하루가 싱싱합니다. 소금이 있기에 삶이 싱겁지 않아 좋습니다.

• 잠깐 쉬는 시간입니다. 불어오는 바람결에 짧은 게으름이 더없이 달콤해지는군요. 인생 전체는 스토리로 엮어가는 소설이겠으나, 하루의 자잘한 일상은 시적이며 음악적인 것 같습니다. 제 나름의 운율을 타고 즐겁게 생활하는 사람들을 보면 덩달아 나도 기분이 좋아집니다.

• 모든 관계 중에서 가장 아름다운 것은 창조적 긴장입니다. 열렬한 연애 감정 속에도 때로 날 선 긴장미가 파도칩니다. 전혀 뜻밖의 일에 도전하는 사람의 가슴에는 창조적 긴장이 용광로처럼 들끓어 오릅니다. 뜨거운 설렘이 때 없이 소쿠라집니다. 그는 날마다 새 길을 갑니다.

여름

• 덥군요. 오늘 초복입니다. 방금 삼계탕을 먹었는데, 몸에서 열이 펄펄 납니다. 더위를 이기려 삼계탕 먹었는데, 도리어 삼계탕 때문에 엄청 덥습니다. 문장 수련에 마음을 닦아야 하는데 외려 가슴에 티끌이 많아진 것과 비슷하군요. 모순과 갈등이 휘돌아 들어 하루 생(生)은 늘 터질 듯이 팽팽합니다. 여유와 절제가 심신의 주인이 되는 날을 열심히 찾아보렵니다. 당신과 함께라면 더욱 힘이 날 텐데 말입니다. 도와주실 거죠?

• 천재성이란, 집중된 힘을 한 방향으로 쏟아낼 수 있는 능력을 이르겠지요? 그렇다면 사람은 누구나 자기만의 천재성이 있습니다. 범재와 천재의 차이는 한 끗. 역사적으로 볼 때 자신의 천재성을 찾은 사람만이 실제로 천재가 되었습니다.

• 어둠이 지나고 밝음이 찾아왔습니다. 낮과 밤의 순환 속에 목숨붙이들은 저마다 삶의 온기를 얻고 살아갑니다. 낮은 밝게 살아라 하고, 밤은 고요히 자기를 바라보라는 뜻인 듯합니다.

• 토요일입니다. 일주일의 묵은 때를 깨끗이 씻어내는 날입니다. 시원한 생맥주 한 잔으로 어둡고 습한 마음, 눅눅하고 컴컴한 생각을 씻어버리렵니다. 시원하게 한 잔 드시죠. 이런, 죄송. ㅋ 잔이 너무 멀어서 죄송합니다.

가을

• 사계절 푸른 소나무에게 울긋불긋 변심한 나무들이 존경의 눈빛을 보내고 있군요. 한 움큼 남은 가을 햇살에 솔잎들이 환한 웃음을 짓습니다.

• 사랑은 사람 사이에 피는 꽃입니다. 관계의 꽃, 사이의 꽃 - 이 꽃은 믿음이라는 햇빛이 영양분입니다. 사랑은 그 분명한 첫걸음이 상대방에 대한 믿음에서 출발하며, 그 마지막 종착역도 믿음에 실려 함께 도착하는 거겠지요. 혼돈 속의 이정표, 우주 생성의 비밀한 기운 - 사랑입니다. 믿지 못하면 사랑하지 말 것이며, 사랑하려거든 믿음을 온통 바치기 바랍니다. 내 사랑 당신은 나의 꽃입니다. 바람에 흔들리며 흔들리며 더욱 아름다운 나의 꽃입니다.

• 하늘에는 장마 구름 흘러가고 내 가슴엔 후회와 비탄의 장맛비가 내립니다. 이별 후유증이 크군요. 당신이 하마 그립습니다. 옛날로 돌아가고 싶어요. 응원을 부탁합니다.

• 가을인데 날이 너무 춥군요. 지난 토요일에는 청주 상당산성에 다녀왔습니다. 문학회 모임인데 경향 각지의 동인들 열댓 명이 만나서 가을맞이의 회포를 풀었답니다. 산성 일주 후에는 닭백숙과 걸쭉한 막걸리로 메마르고 허기진 감성에 낭만의 수로를 열었습니다. 둘러앉은 자리는 금세 금빛 즐거움으로 잔물졌지요. 우리도 언젠가 같이 오면 좋겠다고 시간마다 생각했습니다. 모든 게 좋아진다면 말입니다. 그날의 산 빛이 당신의 눈웃음마냥 아직도 내 가슴에 살아 있습니다.

겨울

• 조용하던 동장군이 기승을 부립니다. 이른 아침 찬바람이 칼끝 같더군요. 우주 만상과 베기 시합을 벌이려는 듯합니다. 북풍한설 침노하는 겨울의 여울목을 제가끔 조심조심 건너갑시다. 몸 튼튼 마음 튼튼. 천상천하 건강이 제일이지요. 그대에게 안부를 전합니다.

• 공부는 대충하면 재미없지만 열심히 하면 재미있습니다. 대충은 구경꾼의 삶이고, 열심은 주인공의 삶이기 때문이지요. 공부 말고도 무엇이나 그렇습니다. 까닭에 제 삶의 주인공이 되는 비결은 간단합니다. 열심히 하면 됩니다. 우직하리만치 열심히! 단 이때 열심의 대상을 먼저 찾아내는 눈이 중요합니다. 그러나 이마저도 일상의 텃밭을 보람의 호미질로 열심히 북돋울 때 저절로 움돋는 씨눈이 아닐까 합니다마는.

• 에공 힘들어라. 시험 문제 출제가 시험 치는 것보다 어렵군요. 문제 출제는 오차가 전혀 없어야 하지만, 시험 치는 거야 100점이 아니라도 되니까요. 후훗, 선생님 노릇은 갈수록 힘듭니다.

• 어린아이들의 무심한 작품이 감동을 주는 것처럼 매사 자신의 말과 행동에 진심을 담는 게 중요합니다. 표현이 비록 진부하더라도 진심을 담는다면, 그 말이나 행동은 세계의 명언이나 권위자의 발언 이상의 값어치를 지닐 것입니다. 진정성이 느껴져야 좋은 사람이 됩니다.

2. 설거지를 하며

밥상 치우고
설거지를 한다
우리는 맞살림 부부
아내는 밥하고
설거지는 내 차지
해뜨는 아침부터
밤저녁에 닿도록
이리공저리공
하루나기 고달픈데
저녁 설거지는
때에 절은 하루를
고운 모습으로
되살려낸다

솰솰 물 틀어 놓고
씻는다

폭포수 아래인 양
이 생각 저 생각
맑게 씻으며
밥 그릇 반찬 그릇
덩치 큰 놈부터
차례차례로
숟가락 젓가락까지
다가오는 오늘 밤
그리고 내일 아침을
꿈꾸듯 그리며
설거지를 한다

아내가 좋아하는 일
맘 끝에 찾다보니
저녁 설거지는
갈데없이 내 몫
하루 잘 먹고 사는데
뒤쓰레질쯤이야
이 일 끝나면 자유 시간
이래저래
맘 돌려 먹고

꽃그늘에 앉은 듯
즐거운 양
바쁜 손길로
설거지한다

쏟아지는 물벼락
떨며 일어서는
눈부심
비누 거품 빠지며
말갛게 얼굴 드러내는
그릇들을 보노라면
내 마음조차
깨끔해진다
세상을 맑게 하는 힘
내게 없어도
저녁 설거지를 하며
주변 맑히는
보람을 배운다

봄

• 봄바람에 겨울 꼬리가 아직 매달려 있군요. 지난 주 눈 얼음 속에서 고개 내민 꽃봉오리가 다시 움츠러들까 걱정입니다.

• 사람은 육체가 낡아가듯 영혼도 마음도 낡아갑니다. 몸과 마음을 젊게 만드는 비결은 오직 하나, 감수성 훈련뿐입니다. 날마다 새로운 사람이 되기 위해 노력하십시오.

• 시시풍덩한 일상에 붙매여 게으름의 바다에 빠져들었습니다. 빛나는 서슬을 진작 잃어버리고 시간의 난파선에 예까지 흘러왔습니다. 정신을 퍼뜩 차리고 보니 봄날이 저만치 가고 있군요. 배웅도 없이 꽃이 진 자리가 눈에 아픕니다.

• 어제는 비를 맞으며 청량산을 일주했습니다. 운무에 싸인 구름다리가 장관이었지요. 하늘 위를 덩싯덩싯 춤추며 걸었습니다. 마치 당신이 저쪽 다리 끝에 있는 것처럼.

• 긴장을 즐기세요. 나를 힘들게 하는 것들이 결국은 나를 깨어 있게 하고 나를 앞으로 나아가게 격려해 줍니다. 긴장을 놓지 마세요. 긴장미는 약동하는 생명의 원천입니다.

여름

• 덥습니다. 더위와 한판 붙죠.
"덤벼라 여름. 뜨겁게 살아주마."
그대의 건투를 빕니다.

• 삶의 이치를 깨친 사람은 인생을 두 번 사는 것과 같습니다. 밤이 지나고 아침이 옵니다. 시련의 동굴을 지나 환희에 이른 사람만이 지혜를 노래할 수 있습니다. 혹독한 수련 끝에 고수의 반열에 오르는 무예인처럼.

• 나는 나답게 살겠습니다. 당신은 당신답게 사십시오. 당신의 삶을 부러워하지 않겠습니다. 똑같이 살 필요도 없고 다르게 살려고 버둥거릴 이유도 없습니다. 나를 잃고서야 사람은 아무런 매력도 향기도 없을 테니까요. 나다움은 빛나는 개성입니다. 나다움은 가장 용기 있고 가장 자연스러운 삶의 길이 아닐까요? 나는 나답게 살겠습니다.

• 화순 운주사에 가면 특별한 바위가 몇 개 있습니다. 둥근 원판의 바윗돌인데, 거기 별자리가 새겨져 있습니다. 예부터 인간의 운명을 관장한다는 별, 북두칠성입니다. 낱낱의 별들

은 유난한 의미가 없습니다. 그러나 7개의 별을 별자리로 보는 순간, 북두칠성은 신이한 위력을 발휘합니다. 문명의 탄생이 이런 것이겠지요.

• 책을 읽읍시다. 인생에 날개를 답시다. 언젠가 비상할 날이 올 것입니다.

가을

• 짐짓 면전에서 저공비행하는 단풍잎들이 아름답군요. 그리움으로 채색되는 짧은 가을날, 마음의 부자가 따로 없습니다. 아름다움에 넋을 놓는 시간이 많아집니다. 행복합니다.

• 계절만큼 인생의 다채로운 변화와 살아 있는 것들의 유한한 슬픔과 시간의 아름다운 한계를 보여주는 것이 또 있을까요? 가을이 내 곁을 지나갑니다.

• 부산에 가면 조방이란 곳이 있습니다. 그곳에는 식감 좋은 장어 맛이 일품이지요. 어찌나 맛있든지 젓가락이 집어 올린 것은 고기가 아니었습니다. 혀끝에 닿자마자 녹아버리

는 달콤한 눈송이 같았습니다. 노릇노릇 잘 익은 고기 한 점에 생각 한 점을 담았습니다. 당신과 함께 올 겨울에 꼭 이곳에 오겠노라고.

• 용암처럼 뜨거운 그것은 무엇? 꿈을 생각합니다. 나와 동거하면서도 사랑의 신호를 제대로 전하지 않는 그는 내게 무엇일까요? 젊은 시절의 꿈은 서슬 푸른 낫이었습니다. 빽빽이 늘어선 풀숲 세상을 헤치며 살아오는 동안, 사람들은 낫의 슴베를 잊어버립니다. 낫자루에 들어박혀 보이지 않는 힘 - 가족과 주변 이웃들의 사랑 - 을 사람들은 가뭇하게 잊고 있습니다. 지금 사람들은 꿈의 강을 건너갑니다. 슴베가 있어 낫이 존재함을 알지 못한 채로.

겨울

• 아파트 현관 자동문 앞에 섰습니다. '열려라 참깨'를 외면서. 겨울바람이 점령군처럼 와락 덮치더군요. 불현듯 나는 봄에서 겨울로 날아갔습니다. 그러고 보면 겨울의 문은 시간여행을 가능케 하는 타임머신이 아니던가요?

• 사람은 저마다 자기만의 거울을 가지고 있습니다. 그래

서 바깥도 보고 남도 보고 하지만, 언제라도 자기 자신을 보는 것을 잊지 않습니다.

• 오늘은 학교 졸업식입니다. 3년 동안 고생한 아이들에게 한 다발의 축하와 격려를 건네려합니다. 말부조가 필요합니다. 그대여, 덕담 한 마디를 꽃처럼 던져 주세요.

• 사랑의 감정은 그 누구도 막을 수 없는 소리 없는 전쟁입니다. 나는 지금 전쟁 중입니다.

• 휘늘어진 풀잎에 이슬은 간댕간댕. 인생은 기댈 곳 없는 이슬방울 같은 것입니다. 고로인생(孤露人生) - 생은 햇살에 반짝이다 또 그것 때문에 스러지는, 찰나의 예술입니다. 수고로운 하루의 발걸음이 시작되는군요. 사랑하는 벗님이시여, 늘 건승을 빕니다.

• 언제라도 즐겁게 살아요. 생활의 평범한 것에서 즐거움을 찾아내고 그것에 놀라는 일은, 우리를 행복한 일탈 속으로 이끌어줄 것입니다. 행복은 애오라지, 발견하는 자의 몫입니다.

3. 사랑하는 마음

사람이 사람을 사랑하는 것보다
아름다운 게 어디 있나요
봄꽃도 아름답지요마는

　　- 사랑하는 마음
　　감추지 말아요

사랑에 숨넘어가는 것보다
감미로운 게 어디 있나요
봄비 소리도 감미롭지요마는

　　- 사랑하는 마음
　　놓지 말아요

봄

• 멍울만 맺히고 꽃봉지가 좀체 터지지 않는군요. 목련꽃 그늘 아래서 봄 처녀를 기다리다 지쳐갑니다. 서느런 날씨 탓에 꽃봉오리가 날개 접은 작은 새 같습니다. 그러나 언젠가는 가지를 털고 창공으로 포릉 포르릉 비상하겠지요.

• 다이아몬드는 500도의 고열에 흔적도 없이 사라집니다. 남는 것은 탄산가스 한 오리뿐. 조건이 달라지면 원형의 값어치는 천양지차로 달라집니다. 자신을 언제라도 잘 벼리기 바랍니다. 인생의 승부처는 언제든 열려 있으니까요.

• 무심한 시간들이 흘러 흘러갑니다. 그 중에 유심한 마음이 뿌리 잃은 풀꽃처럼 함께 떠내려갑니다. 그대가 너무 보고 싶군요. 상사병이 들었습니다.

• 서양에서는 총은 가지고 다녀도 연필깎이용 칼은 가지고 다닐 수 없습니다. 총은 방어용 무기지만 커트 칼은 흉기가 되기 때문이라네요. 재미있습니다. 우리와는 정말 다르군요.

여름

• 오늘이 말복이라더군요. 그래, 점심 때 시원한 냉면으로 여름과 이별 인사를 나누었습니다. 저녁 들어 가을 기운이 손에 꽤 만져지는 분위기입니다. 주말 잘 보내시고 새롭게 도약하는 일주일을 맞이하기 바랍니다. 화이팅~

• 독과 약은 경계선이 모호합니다. 약을 100이라고 했을 때, 실제로 49%이면 독이고 51%이면 약이 됩니다. 경계 지점은 고정되어 있지 않고 대중없이 출렁입니다. 그래서 상대의 쓴 소리가 약이 되기도 하고 독이 되기도 하지요. 밥은 매일 먹되 가능하면 약이나 독은 먹기를 삼가는 게 좋습니다.

• 가슴 졸이던 승단 심사가 끝이 났습니다. 시원 후련합니다. 지도 관장님 고맙습니다. 올림픽에서 선수들이 금메달, 은메달 딸 때, 저도 국내에서 뭐하나 건졌습니다. 무엇보다 당신의 응원 덕분입니다. 고맙습니다. 부족함을 알기에 더욱 열심히 수련하겠습니다.

• 황금 분할을 아시나요? 선분을 중간에 한 번 나눌 때 <전체 길이 : 긴 길이>가 <긴 길이 : 짧은 길이>와 정확히 일치할

때, 그것을 '황금비율'이라고 합니다. 피타고라스가 처음 발견한 이래로 '황금 분할'은 균형과 절제의 미적 감각을 가장 명쾌하게 보여주는 도구가 되었습니다.

• 생활 속에 녹아 있지 않은 종교는 아무런 의미가 없습니다. 생활을 더 잘 하십시오.

가을

• 가을과 겨울의 경계선을 그으면서 비님이 오시네요. 삼라만상이 사색의 블랙홀에 빠져버렸습니다. 붐비는 빗줄기를 하나하나 세듯이 바라보면서, 비갠 후의 눈부신 세상을 그려봅니다. 아니 아니 그려보나마나, 내겐 당신이 제일 눈부십니다.

• 지구 나이 45억 년은 태양 나이의 백만 분의 일이며, 인간의 나이 200만 년은 지구 나이의 만 분의 일입니다. 그리고 종교 나이 5,000년은 지구 나이의 백만 분의 일에 지나지 않습니다. 가끔은 하루의 시간보다 지구 역사 45억 년이 더 가깝게 느껴지는 날이 있습니다. 나에게는 오늘이 바로 그날이군요.

• 그령은 길 복판에 나 있는 질긴 풀입니다. 역사의 수레바퀴가 지나가도 그령은 길가에, 길 가운데 남아 있습니다. 그래, 민초(民草)는 그령을 가리키는 이름이지요. 역사책은 민초의 끈질긴 생명력에 더욱 주목할 필요가 있습니다.

• 간간이 비 뿌리고 찬 기운이 감도는 하루네요. 오후 늦은 시간 꽤 오래 빗방울 크기를 가늠하였습니다. 그러다가 잠시 비가 주춤하는 사이를 틈타 기어코 야외 수련을 마치고 돌아왔습니다. 임전무퇴의 정신이 빛을 발한 셈이죠. 자기가 좋아하는 일을 하면, 세상에 어떤 난관도 다 이겨낼 것 같습니다. 또 그대가 늘 내 안에 있어 나는 행복합니다.

겨울

• 설날을 건강히 잘 보내셨나요? 세뱃돈과 선물 준비로, 그리고 잘 먹은 설날 성찬 때문에 고생이 많으셨죠? 저 역시 설 연휴를 보내는 동안 지갑은 빠르게 얇아지고 몸은 빛의 속도로 무거워졌답니다.~ㅋ 그렇지만 마음만은 새 햇덩이를 품에 안은 듯 기쁘고 넉넉했습니다. 어제는 설 연휴 마무리 행사로 동네 욱수골로 산행에 나섰더랬죠. 심신을 맑게 씻어내고 새 힘을 얻으려고 말입니다. 산에 머무는 동안 간단없

이 위무해주는 자연의 손길을 느끼며 오래오래 한참을 행복했습니다.

• 평등의 눈으로 차이를 보십시오. 그러면 모든 게 평등하며 모든 게 자유로울 것입니다. 차이가 있어 평등하며 평등이 있어 자유가 있습니다.

• 요 며칠 동안 고입 원서 쓰느라고 바빴습니다. 지난 토요일에 진검 베기 야외 수련을 하고 맛있는 오리 고기를 먹고 노래방에서 오리처럼 꽥꽥 소리도 질러보고 야밤에 집에 오고서는 집사람에게 일찍 온 양 오리발을 내밀어보고……그러구러 피로가 쌓여 시난고난하더니 월요일에는 세게 아파서 병원으로 갔더랍니다. 에고공, 과유불급의 절제가 건강을 챙기는 보약임을 알았습니다.

• 복잡한 것은 단순하게 풀고, 단순한 것은 한 겹 더 생각해보는 게 필요합니다. 어려움은 쉬움으로 풀고 쉬움은 어려움으로 풀어야 해요. 단순한 것은 외면 말고 예의 주시하여 살펴보고, 복잡한 것은 먼저 단순하게 일을 대뜸 추진하고 보는 게 좋습니다.

4. 봄비

그
대
마
음
을
얻
으
니

천
지
만
물
이
빛
부
시
다

봄

• 나무가 기지개를 힘차게 켜네요. 새봄을 맞이하는 즐거운 몸짓 같습니다. 정월 대보름 한낮이 달밤처럼 고요하고 아름답고 환합니다. 대보름 부럼 먹고서 365일 동안 36.5도의 체온을 유지하며 살아요. 돌아오는 새봄에 만날 당신 생각을 합니다. 몸이 불현듯 뜨거워져 체온이 급상승하지만 대수롭지는 않습니다. 당신이 있어 기쁘고 당신 때문에 나날이 또 즐겁습니다.

• 기다리세요. 멋진 선글라스를 쓰고 갑니다. 놀라지 마세요. 그리고 놀리지도 마시고. 선글라스는 나의 터미네이터 불꽃 눈을 감추려고 궁여지책으로 찾은 것입니다. 좋은 책이 한 권 있어 몇 날 며칠을 쉼 없이 읽다가 그만 눈병이 났답니다. 때때로 당신 사진을 보며 안구와 영혼을 함께 정화하고 있습니다. 빨리 낫게 응원해 주세요.

• 곤충은 수놈들이 덩치가 작습니다. 그 이유는 교미 중에 천적이 오면 도망가기 좋도록 조물주가 배려한 것이랍니다. 생각하면 조물주의 배려가 미치지 않은 곳이 없습니다. 당신과 나의 인연 또한 그러하지요.

• 궂긴 소식에 깜짝 놀랐습니다. 황망 중에도 상을 잘 치르셨다니 시름이 놓입니다. 심신을 잘 추슬러 일상을 다시금 단정하게 여미소서. 고인의 명복을 빕니다.

• 바다에 들어가면 물방울은 자기 자취를 잊어버립니다. 하나로 연결되는 거대한 파동으로 거듭나지요. 까닭에 바다는 입자이면서 파동이며, 이것은 빛이 그런 것과 똑같습니다. 하늘에는 빛이, 땅에는 물이, 지구 온 생명의 근원임을 알겠습니다.

여름

• 며칠 시원하다고 안심하지 마세요. 여름 꼬리가 남아 있습니다. 구미호처럼.

• 사랑의 감정은 직관력이 가장 크게 작용하는 분야입니다. 직관은 인간의 본능을 타고 유전자로 전달되어 온 것이지요. 까닭에 감수성이 깨어 있는 사람은 평생을 두고 사랑에 예민하며, 그는 늘 사랑 속에 있으며 언제라도 사랑을 느낍니다.

• 비가 오려는지 밤공기가 눅눅합니다. 그래도 마음만은 보송보송 잘 챙겨서, 새 날들을 기쁘게 맞으렵니다. 시름 걱정 털어버리고 죽까 정신(죽기 아니면 까무러치기 정신)으로 돌격 앞으로~를 외쳐봅니다. 벗님들의 건투를 빕니다. 화이팅~

• 토요일에 영양 갔다가 일요일에 돌아왔는데요, 고속도로에 차가 얼마나 많던지…… 집에까지 오는 데 고생 좀 했습니다. 영양에서 피라미 낚시가 재미있더군요. 피라미는 물살이 빠르게 굽이치는 여울살로 이동하는데, 딱 거기 겨냥하여 낚싯대를 드리우니 금방금방 물더군요. 신기했습니다. 난생 처음 느껴보는 짜릿한 손맛이었지요. 반나절 만에 수십 마리를 낚았답니다. 누구는 사람을 낚는 어부가 되라 했는데, 저는 이 여름에 못나게도 피라미만 낚다가 돌아왔습니다. 벌써 8월, 이제 나는 또 무엇을 낚아야 할지 오늘밤에 생각을 좀 해보렵니다.

• 집에 있으면 당신이고, 집 밖에 나서면 그대입니다. 당신은 늘 내 안에 있습니다. 나도 당신 안에 있나요? 못내 궁금합니다. 언제나 목이 마른 것처럼.

가을

• 귀성 전쟁이 치열합니다. 긴 자동차 행렬이 가족의 소중함을 살뜰히도 깨웁니다. 몸이 살짝 아파보니 삶의 진실이 더욱 메아리쳐오더군요. 열정 넘치는 삶이 기쁨의 엔도르핀을 생산한다는 것을 알았습니다. 즐거운 추석 연휴입니다. 벗님들이시여, 저마다 풍성한 보름달이 되어 지구별을 두루두루 비추옵소서.

• 나이가 든다는 것은 물기가 메말라가는 것입니다. 인생의 마르지 않는 샘터는 오직 사랑뿐. 언제라도, 누구라도, 무엇이라도, 그대가 살아 있는 한 사랑하고 사랑하고 또 사랑하십시오.

• 기분이 안 좋을 때 오히려 열정적으로 몸을 놀리는 게 필요하더군요. 그러면 절로 우울하고 탁한 기분이 바람 앞의 연기처럼 물러납니다. 몸이 안 좋거나 기분이 저기압일 때, 오히려 힘을 내십시오. 힘은 내라고 있는 것이고 쓰라고 있는 것이니까요. 또 이럴 때 내는 힘이야말로 가장 바람직하고 아름다운 에너지가 아닐까 합니다. 힘의 진정성은 삶의 지혜이며 용기라고 할 수 있겠지요.

흔들리는 즐거움

• 우리 집 애들과 조카가 어찌나 친한지, 한눈에도 우애가 친형제 이상입니다. 일이 있어 모처럼 만나면 서로 끌어안고 몸을 비비고 팔짝팔짝 뛰고 그럽니다. 나와 아우님을 대신하는 몸짓과 마음씀씀이 같아서 한결 흐뭇하지요. 곁에서 지켜보는 제수씨의 미소가 꽃처럼 아름답습니다. 정이 메말라가는 시대에 우리 집의 이런 만남은 눈물겹도록 참 보기가 좋습니다.

• 어제는 모처럼 명상의 바닷가를 혼자 거닐었습니다. 고요하고 아득하고 빛살 찬란한 곳. 화엄경 세상이 꽃처럼 피어나더군요. 불과 한 시간. 태초의 고향으로 돌아온 듯 몸과 마음이 더없이 안온해졌습니다. 아아 명상의 세계는 무의식의 바다에 숨겨진 보물섬 같았습니다.

겨울

• 소식이 너무 뜸했군요. 죄송합니다. 이즈막에 일 년치 일을 한꺼번에 몰아쳐 하고 있는 중입니다. 내 속에 있는 고구려 선비의 기개로 일상과 맹렬히 싸우고 있습니다. 응원해 주실 거죠? 바쁜 업무의 소용돌이 속에서 무슨 회식 자리는 그리도 많은지, 좋기도 하고 싫기도 하고 몸과 맘이 붕 떠

서 하루가 구름처럼 흘러갑니다. 그대, 눈을 들어 하늘을 보세요. 지금 엄동 하늘에 떠 있는 구름 한 조각 - 그게 바로 접니다.

• 지구상 생명체의 몸은 대부분 70% 정도가 물로 되어 있고, 지구 표면 역시 70% 가량이 물로 채워져 있습니다. 지구는 그 자체가, 더덜없이 살아 있는 한 생명체라는 뜻이겠지요.

• 지금의 교육은 학생을 위한 교육이 아니라 관리를 위한 교육 같습니다. 학급 인원을 지금의 절반 이하로 줄이면 어떨까요? 한 반에 열 명, 혹은 열다섯 명이면 아이들이 교사 눈에 다 들어오고 한 가슴에 다 들어옵니다. 얼굴을 맞대고서야 인성 교육이 절로 되겠지요. 자주 만나야 의사소통이 매끄러워지고 매사에 공감을 나눌 일이 잦아지는 까닭입니다.

• 내 안에 파도가 출렁입니다. 당신은 나의 바다. 나는 파도가 되어 출렁입니다. 나의 파도지기여, 나를 언제나 지켜 주세요. 당신은 나의 바다, 나는 당신의 파도입니다. 출렁이며 출렁이며 흔들리는 나는 파도. 당신은 나의 바다, 가없는 나의 바다입니다.

5. 화원(花園)에서

파아란 물푸레나무
바람이 길을 묻는다

휘날리는 푸른 깃발
눈부신 바다

시간은 재잘거리며
도마뱀처럼 달아난다

제 음률에 호젓이 젖는
명주실 같은 행복

거룩한 햇빛들
산등성이에 고요히 내려앉는다

봄

• 비에 젖은 3·1절입니다. 3·1 정신은 사라지고 3·1절만 남은 세상을 내려다보고 선열들이 눈물을 흘리는 듯합니다.

• 오늘은 행복하고 내일도 행복한 날이라면 삶은 곧 싫증 날 것입니다. 재미가 없어서 말이죠. 굽이굽이 - 조금은 위험하고 조금은 불편하고 조금은 불안한 게 좋습니다. 희망과 도전이 짜릿하게 나를 기다리고 있을 테니까요. 반석 같은 평화보다 흔들리며 사는 게 오히려 즐겁습니다. 떨며 설레며 흔들리는 즐거움이 생을 일깨우는 오롯한 나의 즐거움입니다.

• '오료동미오(悟了同未悟)'라는 말이 있습니다. 깨치고 보니 깨치기 전과 같다는 뜻이지요. 자신이 변했을 뿐 세상은 그대로라는 이야기입니다. 자신은 그대로인데 세상이 변했다는 말이기도 합니다. 일상의 신비와 깨침의 오묘함을 표현한 걸작이 아닐 수 없습니다.

• 청도 오토캠핑은 즐거웠습니다. 감사~드려요. 준비하신 분들의 꼼꼼함과 넉넉함에 금세 흥취가 무르익었고, 그날 청

도의 낮밤은 더없이 아름답고 달콤했습니다. 불판 대리석은 내내 뜨거웠고 새우와 등심은 밤에 더욱 다정했습니다. 완벽한 준비에 감탄과 존경을 바칩니다. 잊지 못할 봄날을 선사해주신 신매, 명가, 불로, 매호 그리고 가족분들께 깊은 감사를 드립니다. 해가 설핏할 때 벚꽃과 함께 바람처럼 찾아오신 맥진 내외분도 많이 반가웠습니다. 일 때문에 못 오신 분들도 모두모두~행복한 봄날을 마저 보내시기 바랍니다.

　• 길이라도 좋고 아니라도 좋고. 내가 가는 곳이 길이 될 수 있다면 내 삶은 정녕코 아름다우리. 내 곁에 당신이 늘 있음에랴. 더더욱.

여름

　• 지난 토요일에 동무들과 운문사를 가려다가 첫걸음에 물 폭탄을 맞았습니다. 오래된 약속이라서 폭우를 뚫고 출발은 힘차게 했습니다만, 빗물이 홍수처럼 넘쳐나더군요. 결국 얼마 못 가서 도로 곳곳이 침수되는 광경과 맞닥뜨렸습니다. 저 멀리 도로 앞쪽에서부터 싯누런 흙탕물이 적군처럼 파죽지세로 밀고 오더군요. 깜짝 놀라 전의를 상실한 우리는 바로 꼬리를 내리고 뒷걸음치기 시작했습니다. 겨우겨우 차를

돌려 시내에서 영화 한편을 보는 걸로 놀란 가슴을 달랬습니다. 기계 종족과 인간 종족이 지구 지배권을 놓고 전쟁을 하는 영화더군요. 기계 종족 우두머리의 묵직한 대사 한 마디가 내 가슴에 긴 종소리로 남았습니다. "신은 하나밖에 없어야 한다. 이전 행성에서 우리는 신이었다."고.

• 습관은 제2의 본성입니다. 처음에는 내가 습관을 만들지만, 나중에는 습관이 나를 만듭니다. 세 살 버릇이 여든 가는 게 맞습니다. 좋은 습관을 몸에 갖추는 것은 인생에 날개를 다는 것과 마찬가지라고 생각합니다.

• 수에 관대한 동양에서는 무리수가 탄생하지 않았습니다. 그러나 서양에서는 피타고라스가 수는 오직 정수뿐이라는 개념을 완강하게 고집함으로써 모순의 대폭발과 다름없이 무리수가 저절로 발견되어질 수밖에 없었습니다. 시멘트처럼 딱딱한 고정관념을 가지고서 이를 엄격하게 대하면 모순은 바늘 끝처럼 첨예해집니다. 서양 역사에서 모든 새로움의 탄생은 이로부터 비롯된 것이라 해도 과언이 아닐 테지요.

• 일주일 내내 연수 받느라고 고생 좀 했습니다. 끝나고 나

서야 겨우 눈이 떠져 앞이 보이네요. 낼모레 땅끝 마을로 피서를 떠나려는 생각에 두근두근 설렙니다. 세 집이 어깨동무하여 2박 3일을 아롱다롱 함께 보낼 작정입니다. 비 조심해서 잘 다녀오겠습니다. 화이팅!

가을

• 올해 내가 받은 시간은 8,760시간. 그럭저럭 벌써 7,300시간 넘게 써 버렸습니다.

• 사람이든 동물이든 암컷이 성숙이 빠르다고 합니다. 생태계의 질서를 유지하기 위한 고도의 배려가 여기에 숨어 있다지요. 이런 까닭에 여자 말을 잘 듣는 것은 지혜로운 이의 말에 순종하는 것과 같습니다. ㅋㅋ 남자들이여 여자에게 항복하소서. 집에서 한 남자의 항복은 가족 모두의 행복을 가져온답니다.

• 경주 번개 모임을 즐겁게 마쳤습니다. 자연과 함께한 시간이었지요. 방아깨비, 메뚜기, 개구리, 도랑 물, 포도 알, 삶은 감자, 삼천리 쌈밥까지. 놀이 뒤끝으로 끝없이 이어지는 추석 귀성 행렬에 슬그머니 뛰어드는 기분이 오히려 여유롭

고 유쾌하더군요. 행복한 하루가 맛있는 저녁 식사처럼 저물어갑니다.

• 한국인은 살기 위해 놀고, 서양인은 놀기 위해 삽니다. 서양인 최고의 꿈은 일하지 않고 노는 것입니다. 한국인 최고의 꿈은 살기 위해 일하고 또 살기 위해 노는 것입니다. 나는 지금 열심히 살고 있고 열심히 놀고 있고 열심히 일하고 있습니다. 무엇이 우선순위인지는 내게 중요하지 않습니다.

• 천적이 없는 동물은 없다는데, 인간의 천적은 무엇일까요? 종교에서 답을 구한다면, 인간의 천적은 신이라고 말하고 싶군요.

• 어린 아이의 순진한 시선은 사람을 즐겁게 하는 힘이 있습니다. 그림책을 보던 일곱 살짜리가 말합니다. "고래가 제일 크네. 그런데 고래보다 큰 게 있어. 용이야. 용보다도 더 큰 건 하느님이고. 그런데 로봇은 하느님보다 더 커."

겨울

• 며칠 새 신기한 일들을 겪었습니다. 대나무 통잔에 맥주 따라 마시기(일명 죽맥), 대나무 통으로 수육 만들기, '가위바위보'에서 진 사람이 대밭에 가서 대나무 베어오기까지. 진 검베기 동호회 사람들과 여유와 운치를 사뭇 즐겼습니다. 나의 생활 역사에 이것이 새로운 입체 기록으로 남게 되었습니다. 하루 지난 지금은 홀가분하며 또 몽롱하군요. 갑인회 만세!

• 한 줄 문장이 때로 책 백 권보다 낫습니다.
"나무는 꽃을 버려야 열매를 얻고, 강물은 강을 버려야 바다에 이른다."   - 화엄경

• 새해 첫걸음에 철없는 왕자와 방~콕 신혼여행 중입니다. 사춘기 아이와 하는 감정 싸움, 기선 제압이 너무 힘들군요. 그러나 가장 두렵고 힘든 것은 이 여행이 언제 끝날지 모른다는 거. 왕자님을 경연에 모시듯 받들며, 중학교 1학년 인터넷 강의를 나란히 듣는 일이 슬프고 즐겁고 두렵고 아름답습니다. 마치 어린 왕자를 업고 사막을 건너가는 것처럼 기쁘고 고통스럽군요. 당신이 도와주실 거죠? 삶이란, 오아시

스가 감추어진 사막을 건너는 일입니다. 당신은 나의 오아시스입니다.

 • 복잡한 마음을 털어버리세요. 가장 단순한 빈 마음이 되도록. 흐름에 몸을 맡기고 시냇물이 되어볼까요? 마음을 비우세요. 하다못해 작은 돌멩이가 되어 물소리라도 들려준다면 좋은 일이겠지요. 알고 보면 세상은 듣는 것과 들리는 것, 두 가지로 구성되어 있으니까요.

6. 탄생

이 얼마나 기쁘고 자랑스러우냐.

광활한 우주의 신비가 그대 몸속에 스며들어 눈부신 창
조로 피어났느니 아름답고녀, 그대여. 그대 해쓱한 얼굴에
떠오르는 어미의 미소여. 촉 낮은 전등 아래 발가니 일어서
는 앞날의 희망참이여. 고통 속에 태어나 기쁨으로 살아갈
내 아기야. 엄마 아빠는 널 만나보려고 길고 긴 날들을, 사연
많은 시간들을 함께 해 왔단다. 정말 반갑구나 내 아이야. 너
의 탄생은 우리 모두의 기쁨이자 자랑이란다. 세상 사람 모
두에게 너를 자랑하고 싶구나. 나의 꿈 나의 옛날이, 엄마의
꿈 엄마의 옛날이 이윽고 한 줄기로 만나 너를 찾았구나. 나
의 아이야, 내 사랑이야! 아아 온갖 슬픔, 온갖 기쁨은 이제 네
게서 흘러나와 우리 누리에 넓은 강 이루겠구나. 아무도 건
널 수 없고 오직 너와 아빠 엄마만이 건널 수 있는 깊은 강 지
어냈구나. 장하다. 아이야! 해와 달의 정기 네게로 모여들고
땅 뿌리 하늘 머리마저 너를 떠받들고 감싸주는구나. 하늘
아래 땅 위에 나보다 더 나를 닮은 아이야. 네가 세상에 세찬

울음소리로 항거하던 날, 얼음벽 같은 불의 세계가 조각조각 흩어지는구나. 어느 먼 우주로부터 찬바람 부는 이곳까지 얼마나 힘겹게 찾아 왔느냐. 고맙고 고맙구나 귀여운 아이야. 너로 해서 인류 역사는 다시 한 번 번쩍하며 살아난다. 반갑고 반갑구나. 아, 나는 네 잠든 머리카락에서 나의 미래를 읽는다. 너의 고사리 같은 손을 만지며 나는 뜨거운 사랑을 배운다. 떨며 기쁨과 두려움으로 전율하며 나는 너를 바라다본다. 어쩌면 나보다도 더 나 같은 아이야. 삼십 년 나의 신비가 네 발그레한 살갗 위에 이슬처럼 빛난다. 거친 들소처럼 치달리던 나의 속내를 얌전히 잠재우고, 우뚝 한 줄기 푸른 솔로 햇빛에 몸을 드러낸 너를 나는 순한 양이 되어 우러른다. 꽃나무 들판에 찬연히 솟아난 복덩어리야. 내 너를 목말 태워주고 싶구나. 내 생애 처음 본 얼굴인데도 전혀 낯설잖은 나의 미래여, 나의 옛날이여, 엄마가 만들어 둔 방에서 두 손 모아 오랜 동안 기대하던 네 소망도, 네 볼에 뺨 부비려 몸살 하던 내 소망도 예쁜 엄마, 힘 좋은 엄마가 이루어주었단다. 네가 엄마를 사랑하듯 나 역시도 열렬히 네 엄마를 사랑한단다. 아빠 엄마는 네 목소리를 듣고 싶구나. 어디 한번 따라해 보렴. "엄마 아빠 사랑해요."라고 말이다. 우리도 팔락이는 네 조그만 가슴속에 전해주고 싶구나. "아이야, 엄마 아빠는 세상에서 너를 가장 사랑한단다." 이렇게 말이다. 조그만 귀로 세상 소리 다 듣고 있는 아이야. 사람들의 저 낮고 높은 숨소리가 들리니? 나와 같이 아기 탄생을 기다리던 저 낯선 아저씨의 한숨 소리를 듣고 있니? 아이야, 외할아버지, 외할머니의 가슴 두근대는 고동 소리를 듣고 있는 거니? 할머니의 장해하시는 소리가 들리니? 다들 너로 하여 처음으로 터져 나오는 새로운 삶의 기쁨이란다. 아아 그렇구나. 너의 탄생으로 하여 우리 모두는 늘 새 기분, 새 정신으로, 처음 느껴보는 마음의 설렘으로 눈부시게 살아지겠구나. 고맙고 고맙구나 아이야. 너로 하여 우리는 늘상 새롭겠구나. 아이야 우리는 너를 엄마 아빠라 부르마. 푸른 솔아, 우리는 이제 너를 하늘이라 부르마. 술 잘 먹고 담배 많이 피우는 못난 아빠를 용서해라. 깨끗지 못한 내 마음을 네 순백의 눈길로 훔쳐다오. 멀리 떨어져 있어 언제나 눈물짓는 엄마의 눈물을 씻어주렴. 내 아들아, 기쁨의 눈물 속에 태어난 한솔아, 우리 아들아. 고맙고 기쁜 마음에 가슴이 저려온다. 너에게 세상으로의 길을 열어준 엄마의 자지러질 듯한 아픔을 네 방실대는 웃음으로 위로해 주렴. 큰 소리로 외치렴. "엄마 고마워요."라고. 눈부신 햇빛 속에 아이야, 네가 서 있다. 우리가 흙이라면 너는 나무다. 자연 속에서 건강하게 자라다오. 새로운 우주의 출현을 알리는 굉음 속에서 아이야 너는 축복처럼 태어났다. 네가 불과 몇 초, 그 짧은 한 순간을 뚫고 우리 앞에 나타났을 때

어찌나 놀랐던지 나에게는 그 순간이 마치 영원인 것으로 기억된단다. 정말 고맙구나 아이야. 우리 언제나 기쁜 마음으로 세상을 살아가자. 화려하진 않으나 제 빛을 반짝이면서 살아가자꾸나. 너의 탄생은 나로 하여금 세상 사람 모두에게 안녕한지 물어보게끔 한단다. 정말이지 모두들 안녕하신지 궁금하구나. 한동안 엄마 뱃속에서 꿈만 꾸던 아이야. 네 꿈속에 엄마 아빠의 얼굴이 보이더냐. 지금 내려오는 이 따스한 햇빛, 이 서늘한 바람도 느껴보았니? 우리가 꿈을 꿀 때 너도 꿈을 꾸고 있었겠구나. 우리는 서로 넘나드는 강물이 아니더냐. 너의 강에 우리의 온갖 기쁨, 고통, 좌절, 시름, 분노, 행복감 따위를 다 풀어 녹이고 싶다. 너의 강은 한 없이 넓고 넉넉하니까. 마찬가지로 네가 이 척박한 누리를 살아갈 때 솟구쳐 오르는 모든 정서적 감정적 물줄기들은 이 엄마 아빠가 야물게 잡도리해 주마. 기쁨으로 태어난 아이야, 이제 엄마 아빠 앞에서 함박웃음으로 인사하렴. 네가 나오니 세상이 더없이 밝고 환해지는구나. 기쁨이여, 고마움이여, 반가움이여, 그리고 끝내는 자랑스러움이여. 너의 탄생을 엄마 아빠는 진심으로 축하한단다.

　　　그럼 오늘은 이만 안녕.

봄

• 오늘도 날씨는 버리고 벚꽃만 취하소서.

• 점심을 먹고 나니 후끈 후끈 달아오릅니다. 좋은 건지 나쁜 건지, 순전히 밥심으로 사는 날들이 이어지고 있습니다. 비주류의 초췌함을 주류의 생동감으로 바꾸어볼 날을 손꼽아 기다립니다. 벗님들이시여, 술자리가 있으면 주저 말고 불러주세요.

• 오월의 한 나절을 일없이 보내고 있습니다. 살랑바람이 기분 좋을 만큼 불어오네요. 고요하고 맑은 시간이 투명하게 흘러갑니다. 평화와 안녕도 이 정도면 됐지 싶습니다. 바람 한 점에도 누추한 삶이 적이 위로를 받습니다. 누군가에게 자연과 같은 존재가 될 수 있다면 그보다 더 좋은 일은 없겠지요. 아침나절에 쓰레기 분리 작업을 하면서 문득 햇빛이 너무 아름답다는 생각이 들었습니다. 날마다 햇빛을 보며 살 수 있어서 다행이고, 몸 성히 움직이는 하루가 행복합니다.

• 인생은 수수께끼! 그래, 풀고 나면 쉽지요. "덤벼라 문제." 후훗, 문제 푸는 재미로 오늘을 또 살아갑니다. 힘내자구요. 화이팅.

• 봄날 고요한 산길을 걷습니다. 곁에 누구도 없이 나를 돌아봅니다. 흙을 버려두고 씨앗을 잊은 채 꽃과 열매만을 탐해온 내가 미웠습니다. 한 줄기 세찬 산바람에 눈물이 찔끔 났습니다.

• 모처럼 영화 한편을 봤습니다. 만화 영화인데 뜻밖에 재미있더군요. 평정심을 잃지 않으면 누구나 삶의 고수가 될 수 있다는 깨침이 자동차 불빛처럼 눈에 퍼뜩 들어왔습니다. 평정심, 평정심, 평정심 - 바람 같은, 물 같은 그 경지에 도달하기 위해 하루하루 열심히 살아갈 수밖에요.

여름

• 불더위의 기습 공격에 하루나기가 모기처럼 고달파졌습니다.

• 도투락댕기가 어여쁜 계집애 같은 유월이 눈앞에 아른거립니다. 5월의 여왕이 바람을 풀어 내게 무어라고 인사말을 전하는군요. 잘 지내시죠? 먼 당신께 안부 전합니다.

• 지구가 약간 기우뚱하게 자전한다는데, 그렇다면 시간

은 나선형으로 흘러가는 건가요? 꼬불꼬불 꽈배기처럼 하늘
로 올라가는 시간들을 쳐다봅니다.

• 예전에 아픔과 고통의 차이를 내게 설명해 준 사람이 있
었습니다. 사랑이나 기쁨이 혹여 들어있는 게 아픔이고, 고
통은 오직 그것 자체일 뿐이라 하더군요. 고난과 시련을 극
복하고 잘 넘어설 때 그것이 비로소 아픔으로 승화된다고 했
습니다. 까닭에 아픔이 있는 삶은 환영하되, 고통이 있는 삶
은 피하는 게 좋겠죠.

• 비에 젖은 대숲이 꿈결에 아롱댑니다. 댓잎에 후드득 떨
어지는 빗소리가 듣고 싶군요. 저는 좋은 사람들과 어울려
대나무의 고향 담양으로 갑니다. 내일은 즐거운 소풍이 될
듯합니다.

• 손과 머리는 밀접하게 이어져 있지요. 그래서 손을 잘 놀
리면 두뇌 회전이 활발해집니다. 손으로 생각하고 가슴으로
느끼는 삶이 진정 아름다울 테죠. 젓가락은 손으로 생각하게
합니다. 젓가락 때문에라도 한국인은 부지런하며 머리가 좋
습니다. 우리의 젓가락 문화는 세계에 자랑할 만한 것이며,
자부심을 가져도 좋습니다.

• 작은 불은 물로 꺼도 큰불은 물로 끌 수 없습니다. 큰불은 불로 꺼야 합니다. 맞불로.

가을

• 부부의 육정은 때로 혈육의 정보다 더 깊고 강합니다. 집에서 교대로 설거지하며 스킨십을 나누세요. 효과가 키스보다 훨씬 낫습니다.

• 복잡하게 얽혀 있는 생태계 그물의 한 코를, 한 땀 한 땀 엮어가는 게 우리의 일상이지요. 생태계 먹이 사슬의 최상층부를 겸손하고 품위 있게 지켜가자고 동료 인간들에게 호소하고 싶습니다.

• 일상의 삶은 직선이 아니라 구부정하게 휘어든 곡선 위에서 펼쳐지지요. 까닭에 시공간의 틈새에는 언제라도 여백이 있습니다. 부스러기 시간을 귀하게 쓰세요. 삶의 여백이 그곳에서 찬란합니다.

• '뛰는 놈 위에 나는 놈 있고, 나는 놈 위에 타는 놈 있다'고 했습니다. 그런데 요즘은 한걸음 더 나가서 '타는 놈 위에

노는 놈 있다'고 합니다. 재미있게 잘 노는 하루가 행복합니다. 내가 무얼 하면 즐거운지 행복한지 아는 게 중요합니다. 그리고 그걸 발견했으면 여지없이 실천하는 겁니다. 생의 즐거움은 오직 이뿐. 사는 재미는 아주 사소한 곳에 있습니다.

• 가을이래도 우리, 피지도 말고 지지도 말아요. 필 동 말 동, 될락 말락, 이렁성저렁성, 파스텔화 같은 풋풋함으로 매일을 꿈결처럼 살아요.

겨울

• 동장군이 칼바람을 휘둘러 여린 살갗을 얼얼하게 헤쳐놓네요. 나고들 때 방패를 하나씩 챙겨 들어야겠군요. 상처 입지 않으려면 말이죠. 나에게 추위 방패는 바로 당신입니다. 당신을 생각하면 빗발치는 눈보라 속에서도 나는 그만 훈훈해집니다.

• 오늘이 슬프면 내일은 반드시 기쁠 것입니다. 쓴 것이 있어야 달콤함이 가치 있는 것처럼. 오르막이 좋다 할 수 없고 내리막이 좋다 할 수 없는 것처럼, 살다보면 쓴 것이 달콤하지 않다 할 수 없고 달콤한 것이 쓰다 아니할 수 없는 때가 있

습니다. 일상의 작은 변화가 삶의 비밀을 끝없이 연출합니다. 오호라 그렇군요. 오늘은 언제나 내 인생의 새로운 첫날입니다.

• 유명한 철학자인 쇼펜하우어와 헤겔은 같은 대학에서 같은 과목을 가르치고 있었는데, 라이벌 의식이 아주 살벌했다고 합니다. 쇼펜하우어는 자신이 끌고 다니는 개 이름을 '헤겔'이라고 지었대요 글쎄. ㅋㅋ

• 속(俗)의 하루를 보내며 또 선계(仙界)를 동경합니다. 나는 낡지 않으려 날마다 여러 애를 씁니다.

7. 물수제비

꿈 한 송이
물을 차며
솟구쳐 오른다
아득히
피어오르는
물기어린 꿈들

봄날 꽃봉지처럼
환하던
당신의 미소가
젊은 날의
꿈들이 떠간다
담방담방
비상의 물결 위로
꽃보라 날리며

연초록 햇살

부시게 쏟아지고

붉은 낙조

꿈꾸듯 열린다

수면을 박차고

다시금

소쿠라지는

황금빛 물보라

빛의 세계

그 황홀한 시간을 가르며

꿈의 돌멩이

미끄러진다

봄

• 꽃 천지 봄 세상입니다. 싱싱하고 푸른 기운이 가득합니다. 그러나 까닭 없이 봄빛이 애달픈 것은 웬일인가요? 인정미 넘치던 그 옛날 어린 시절이 그리워졌나 봅니다. 진달래 먹고 다람쥐 쫓던 그때가 불현듯 눈에 삼삼합니다.

• '그물이 삼천 코라도 벼리가 으뜸'이라는 말이 있습니다. 주장되는 것의 중요성을 강조하고 있죠. 가령 낱낱의 그물코를 지식이라고 하면, 벼리에 해당하는 것은 인성이거나 지혜일 것입니다.

• 잘 지내시죠? 너무 오랜만에 소식 전하니 낯설고도 신선합니다. 딱히 바쁜 것도 없는데 시간은 어찌나 빨리 지나가는지요? 잠깐 숨 돌리고 보니 어릴 때 냇가에서 놓쳐버린 피라미처럼 날쌔게 5월이 달아나고 있습니다. 낮은 여름, 밤은 가을 - 변덕 날씨에 감기 조심하십시오. 천상천하 건강제일~입니다.

• 모든 문제는 다면체로 나타납니다. 어느 각도에서 보느냐에 따라 사각형으로, 원 모양으로 또는 한 점으로 나타나

기도 하지요. 세상에서 가장 중요한 눈은 나의 눈입니다. 안목이 중요합니다.

• 추억은 돌아볼 때마다 한 뼘씩 자라고(안 돌아보는 추억은 절로 사라지고), 행복은 사랑의 마음 위에 꽃을 피웁니다(사랑의 마음이 없으면 절대 행복할 수 없으리).

• 마흔을 바라보는 시선이 동서양이 영 다릅니다. 한국에서는 마흔이 불혹인데 비해, 미국에서는 마흔을 지옥에서 온 나이라고 말합니다. 시선의 차이가 느껴지나요?

여름

• 봄을 여의자마자 곧장 여름이 찾아왔군요. 여름을 가져온 그녀가 새 애인처럼 예쁩니다.

• 바쁩니다. 구저분한 잡사가 발목을 붙드네요. 공연히 바쁘고 또 바쁘기만 하고 실속은 전혀 없는, 숨 가쁜 날들입니다. 에공, 그래도 숨은 제대로 쉬어야겠지요. 화이팅, 그대의 응원을 바랍니다.

• 바다가 보고파 해운대에 갔더랬지요. 주말이라 차 많고 사람 많고 모래 많고 비키니 많고~ㅋㅋ바닷물은 생각보다 차가웠습니다. 그러나 언제 또 오리요 하는 생각에 한참을 튜브에 매달려 파도와 놀았습니다. 어우렁더우렁~때로 세파에 몸을 싣고 하염없이 흔들려 볼 일입니다. 내 가슴에 좋이 담아온 시원한 파도 소리를 벗님들께 바칩니다. 받으옵소서.

• 남녀 간의 사랑이란, 슬픔과 아픔을 담보로 해서 행복을 잠시 빌리는 것인지도 모릅니다.

• 겸손함과 비굴함의 차이는 뭘까요? 이것은 남의 의견을 어떻게 받아들이는가에 잘 나타납니다. 보통 사람들은 자신의 의견은 접어둔 채 유명한 사람이나 권위 있는 전문가의 말을 자기 생각으로 쉽게 받아들입니다. 특히 정치 사회적인 문제에 대한 대부분의 의식을 사람들은 그런 식으로 체계를 잡아가지요. 그 끝에 내리는 결론은 대부분 이렇습니다. "대세를 따라가자(내 생각은 빼 버리고)." 이런 이유로 주요 언론과 방송 매체는 사람들을 자기편으로 만들기 위해 끊임없이 자기 방식의 이슈와 언로를 열어가는 것입니다. 무조건적 대세 따라가기 - 그러므로 이것은 겸손한 게 아니라 사실은 비굴

한 것이라고 말할 수 있습니다. 주인 정신을 가진 자만이 진정으로 겸손할 수 있으니까요.

• 하루를 사는 것은 결국 일생을 한 번 사는 것과 같더군요. 저녁 어스름에 마을 근처 욱수골을 한 바퀴 돌면서 얻은 생각입니다. 날마다 일생을 한 번 산다 여기니, 몸과 마음이 한결 푼푼해집니다.

• 성불한 부처는 앉은 자세로 모시고 성불하지 못한 보살이나 사천왕은 선 자세로 모십니다. 그런데 미륵불은 어정쩡하게 반은 앉고 반은 서고…… 까닭은? 미래를 알 수 없기에…….

가을

• 하늘 머리에 화관족두리를 얹은 듯 아름다운 날입니다. 어제에 비한다면 오늘은 세상천지가 마치 '구르믈 버서난 달' 같습니다.

• 마음을 어리게 먹고 순진하게 먹고 어리석게 먹으면 젊

어진다 했으니, 가다가 유치하나마 신명나고 재미지게 한 번씩 놀아볼 일입니다.

• 시인은 삶의 향기를 요리하는 사람입니다. 가슴이 따뜻한 사람은 누구나 시인이며, 그는 언제라도 시인입니다.

• 누구나 동의하는 100% 이상적인 사람은 없습니다. 그런 까닭에 누구나 동의하는 100% 이상적인 신은 없습니다. 따지고 보면 이 모든 것이 사람의 일이기에.

• 어젯밤에는 매호도장에서 풍등 몇 개를 띄웠습니다. 도장 캠프하면서 밤이 이슥해서야 매호천변으로 나갔더랬지요. 지도 관장님 인솔로 아이들은 저마다 풍등에 마음을 모아 소망을 적고 불을 붙이고…… 이윽고 풍등은 지상을 떠나 고요히 밤하늘로 올라갑니다. 천천히 바람을 타고 풍등은, 그러나 까마득히 하늘 먼 곳으로 날아올라서 뭇 별들과 어깨동무를 하데요. 저는 오래오래 풍등을 바라보며 가슴 한켠에 그 영상을 돋을새김으로 간직해두었지요. 소망과 함께 아스라이 한 점 별이 되어버린 풍등. 나는 눈빛을 거두고 다시 두 손을 모아 내가 아는 모든 이의 안녕과 건강을 빌어드렸습니다.

겨울

• 변덕 많은 날씨에, 지금 막 창 밖으로 햇살이 밝게 퍼져 나갑니다. 삽시간에 빛의 눈부신 바다가 눈앞에서 출렁입니다. 겨울 빛이 꽃송이가 되어 곧장 내 눈 속으로 뛰어드는군요.

• 스키를 탄 건지 땅바닥과 키스를 하다가 온 건지, 엄청 넘어지면서 어제 하루 눈밭을 뒹굴다가 왔습니다. 삭신이 쑤시고 정신이 몽롱합니다. 몇 년 전부터 매년 딱 하루 스키의 날을 정해서 아이 데리고 스키장에 다녀온답니다. 근데 저는 갈 때마다 실력이 똑같습니다. 좀 된다 싶어 재미 좀 보려하면, 야간 스키 마감 시간이 금세 다가와 뒤에서 내 어깨를 툭툭 두드립니다. 이러니 만년 초급자. 미련을 눈밭에 떨궈두고 갱무도리 없이 집으로 돌아올 수밖에요. 야한 밤에 야속한 맘을 야단스레 안고서.

• 일본인은 단결력이 벽돌담처럼 견고하고 한국인은 돌담처럼 느슨합니다. 그러나 위기 대응 능력이나 순간 창조 능력이 돌담이 더 우수한 것처럼, 한국인의 성정이 오늘의 시대 흐름에 더 적절합니다.

• 모처럼 야외 수련장에서 반가운 얼굴들을 만났습니다. 꼬맹이까지 있어 분위기는 생명력으로 넘쳐났습니다. 자연스레 한 축에는 베기가, 또 한 축에는 불바라기가 시작되었지요. 대나무 불밥이 발갛게 피어나는가 싶더니, 이윽고 불터 밭에 군고구마가 주렁주렁 열리더군요. 대나무 잿불에서 갓 캐낸 군고구마는 고소하고 달콤했습니다. 땅거미가 짙어지고 불구덩이에서 잔별들이 스러질 때까지 우리는 오랫동안 한 마음으로 그 자리를 지켰더렸지요. 별이 지상으로 내려온 것 같은 황홀한 불빛이, 둘러선 이들의 가슴 속을 환하게 비춰주더군요. 그날 정말 반가웠습니다. 벗님들이시여, 다시 만날 때까지 각자의 삶터에서 건승하시기 바랍니다.

8. 사랑이라는 이름은

내가 그를 처음 보았을 때
그는 한 조각 흘러가는 구름이었다

내가 그를 다시 보았을 때
그는 뭉실뭉실 피어나는 하늘이었다

내가 그를 자로 보았을 때
그는 나에게 우주가 되어 있었다

봄

• 흑염소의 까만 잔등 위에 봄빛이 찬란하게 부서집니다. 눈길 주지 않아도 봄은 어느새 우리 편입니다.

• 사랑하면 사랑 받습니다. 미워하면 미움 받습니다. 뺏으려 하면 빼앗깁니다. 작용 반작용의 세상살이 이치입니다.

• 주말에 영양 다녀왔습니다. 누나 집에 안부 인사도 하고 된장도 가지러 가고~ 겸사겸사해서 갔지요. 사실은 누나의 특기 요리인 맛있는 연탄 불고기가 많이 먹고 싶어서 씽하니 달려 1박 하고 왔습니다. 그곳에는 이제야 벚꽃이 만개했더군요. 알고 보면 대한민국이 참 넓습니다. 하얀 벚꽃에다가 또 개나리가 노랗게 무리를 지어 우리를 볼 때마다 함박웃음을 터뜨리며 손을 흔들더군요. ○○초등학교에 가서 자형 대신 내가 1일 교장을 한번 해보았습니다. 교장 이동훈~ㅋㅋ 기분이 좋더군요. 물론 인증 샷을 찰칵, 찍는 것을 잊지 않았습니다.

• 바쁜 나날들이 이어집니다. 쉼표도 없이 그냥 내달립니다. 그러다가 아주 가끔씩 눈을 들어 먼 산을 바라보며 또 힘을 얻습니다. 후훗, 스마트폰은 새로 생긴 내 애인 같습니다.

• 문학 창작이나 예술미의 완성은 다른 누구를 경쟁자로 하는 것이 아니라, 애오라지 자신의 순전한 느낌의 표현이며 고독한 자기 정리이며 자기와의 끝없는 싸움이 아닐까요? 자신의 길을 언제나 성심껏 걸어가는 것, 그리고 어떤 상황에서도 흔들림 없이 자기 중심을 잡아나간다는 것이 중요합니다. 내년에는 경천동지의 새로운 꿈에 도전해 보렵니다. 벗님이시여, 같은 꿈에 동참하지 않으시렵니까? 꿈에라도 우리 만날 수 있게 말입니다.

여름

• 어느 수험생의 다짐 <나는>
① 나는 외로운 섬이다.
　- 먼 바다를 보며 하루하루 인내를 배운다.
② 나는 무쏘의 뿔이다.
　- 흔들림 없이 나의 길을 간다.
③ 나는 향기로운 꽃나무다.
　- 나만의 매력을 가꾸고 꽃을 피운다.
④ 나는 생기 넘치는 별이다.
　- 홀로 있되 열정의 빛으로 늘 반짝인다.

⑤ 나는 마르지 않는 샘물이다.
  - 끊임없이 새로운 힘을 만들어 낸다.

• 씨앗은 썩어야 비로소 씨앗이 됩니다. 씨앗이 썩으면 화학 변화가 일어나는데, 이렇게 해서 한 톨의 종자가 뿌리가 되고 줄기가 되고 이파리가 됩니다.

• 무덤 봉분이 평지처럼 되어 사라지는 데 백 년이 걸린다고 합니다. 그렇다면 말이죠. 살아 백 년 죽어 백 년. 이렇게 사는 게 좋겠습니다. 요즘은 백세 청춘, 장수 시대라고 합니다. 한번 믿어보죠. 이 믿음은 이익이 많지 손해 볼 일이야 적을 테지요.

• 꿈속처럼 달콤한 1박2일 전라도 방문을 마쳤습니다. 피곤하지만 달콤하고 의미 있는 시간들을 벗님들과 함께 나누어서 기분이 여태 몽롱합니다. 돌아오는 길에 쏟아지는 억수 장맛비를 가슴마다 들이면서, 88올림픽 도로가 완전 개통되는 날에 다시금 방문하겠노라고 무언의 약속을 했더랬지요. 그때까지 호남이여, 전라도여. 푸르게 푸르게 삶의 생기를 간직해 주소서. 이참의 알싸한 기억으로 연말까지는 맘이 푼푼할 듯합니다. 지금 많이 행복합니다. 힘이 마구 솟구칩니다. 화이팅, 벗님들의 건투를 빕니다.

• 비 오는 날에는 먼 데 있는 것들이 그리움으로 다가옵니다. 빗소리가 더없이 살갑네요. 빗줄기를 바라보며 나를 아는 모든 이에게 새삼 안녕을 묻습니다. 어때요? 잘 지내시죠?

가을

• 단풍 잔치에 가을이 활짝 웃습니다.

• 비가 내리는데 산에 들었습니다. 망설임 끝에 그냥 오르기로 했습니다. 비를 온몸으로 맞으며 산을 타니 뜻밖에도 신선한 즐거움이 있습니다. 맑은 날의 산행과는 전혀 다른 특별한 느낌, 뭐랄까 구름 속을 둥둥 떠다닌다고 해야 할까요? 일부러라도 비 오는 날을 골라서 산행 길에 나서보실 것을 권합니다. 잎새에 떨어지는 빗소리가 달콤한 음악 소리 같더군요. 이때의 산행 동무는 누구라도 서로에게 애인입니다.

• 바람이 잘 불면 솔방울도 울 수 있습니다. 종소리를 낼 수 있습니다. 바람을 잘 만나야 합니다. 바람이 스승입니다. 바람이 지도자입니다. 교사는 있어도 스승이 없고 학생은 있

어도 제자가 없는 시대입니다. 그러나 바람은 언제라도 불어 옵니다. 바람을 잘 타기 바랍니다. 바람이 스승입니다.

• 결혼 생활에서는 내가 행복하려고 노력할 게 아니라, 상대를 행복하게 해주면 나도 행복해진다고 생각하는 게 좋습니다. 가정 생활도 직장 생활처럼 자신의 정성과 노력이 들어가야 합니다. 그래야만 부부가 기분 좋게 변화에 맞추어가면서 서로 만족할 수 있겠지요.

• 햇살 한 줌이 그리운 아침입니다. 밖은 아직 어둑어둑합니다. 이런 날은 스스로 빛이 되어야 하겠습니다. 하다못해 형광등 불빛이라도……

겨울

• 며칠 전 내린 눈이 노천 골목길에 숫눈 그대로 떨고 있더군요. 따스한 눈길 하나 없이 그는 얼마나 외로울까요?

• 예술은 평범한 사람들의 삶에 구체적인 격려와 위로를 주어야 합니다. 마음 속 깊은 욕구와 만나게 하고 아득히 그리운 것들을 만나게 하는, 그런 것들을 통해서 말입니다.

• 하늘이 시나브로 어두워지네요. 일기 예보에 눈비가 내린다더니 그 전조가 보입니다. 오늘은 차를 지하주차장에 재워야겠네요. 애마야, 그곳서 잘 자렴. 내일 또 만나. ㅋㅋ

• 요즘 아들내미 덕에 공부 진짜 열심히 하고 있습니다. 원치도 않는 공부, 내 것도 아닌 공부, 시간만 축내는 공부, 억지로 하는 공부, 잠만 오는 공부. 그렇지만 날이 갈수록 재미있는 공부, 보람이 쌓여가는 공부, 배움의 즐거움이 난향처럼 번져나는 공부, 좋은 아버지가 되는 뜻깊은 공부 - 뭐 이런 식으로 제 생각을 살짝살짝 눅이며 공부 겨우살이를 하고 있습니다. 세월이야 가는지 오는지 알지 못한 채로, 정신없는 날들이 이어집니다. 아이가 하루바삐 제 발로 서야 할 텐데, 에공 걱정입니다.

• 지능을 높이는 가장 간단한 방법이 있습니다. 한 가지에 열중하며 거기에 집중하는 기회를 자주 가지면 됩니다. 지능은 달리 말해 생각하는 힘이며, 그것은 무언가에 열중할 때 가장 활발해지는 것이니까요.

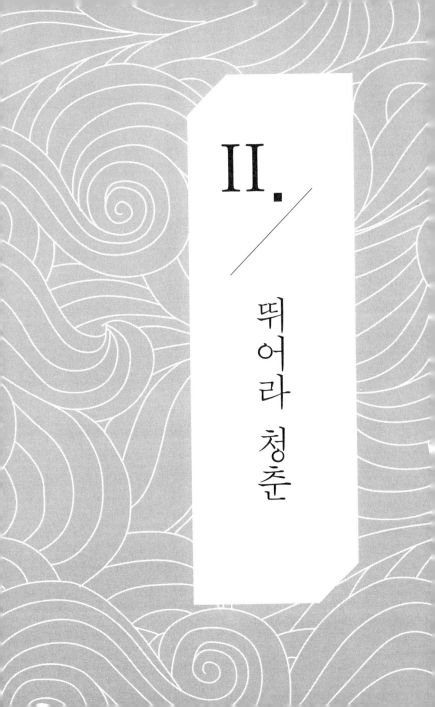

II.

뛰어라 청춘

9. 사랑 안에는

가랑비에 온몸 바치는 풀잎과도 같이
시나브로 젖어드는 촉촉한 마음이 있다

꽃바람 어루만지며 피어나는 단풍과도 같이
감출수 없는 불그레한 마음이 있다

곱게 단장하고 떠오르는 아침 해와도 같이
그 사람을 비추고픈 찬란한 마음이 있다

봄

• 요즘 봄비는 보드랍지 않고 억세고 거친 느낌이 듭니다. 새싹머리 다칠세라 보슬보슬 내려야 봄비일 텐데, 이즈막의 비는 빗줄기를 화살처럼 막 쏘아댑니다. 사람은 자연 보호 자연은 사람 보호 - 이 구호가 날이 갈수록 생활 속에 절실함이 더해갑니다.

• 세상은 흔들리는 것들로 출렁입니다. 1+1이 꼭 2가 아니라, 때로는 답이 3이 되고 0이 되고 하는 것입니다. 이것들은 괴롭기도 하지만 즐겁기도 합니다. 잘 살펴보면, 생애는 흔들리는 즐거움으로 가득 차 있습니다. 사람살이는 예기치 못한 흔들림이 있어서 진정 즐겁습니다. 벗님들이시여, 눈을 크게 뜨십시오. 생활 속에서 흔들리는 즐거움을 찾으십시오.

• 바쁘게 지내다보니 어느 결에 4월이 코앞입니다. 꽃 사태 반가운 봄을 빨리 만나고 싶군요. 바쁜 학교 일로 갈피없이 신변잡사가 여태 몽롱하고 번잡합니다. 당신의 안부를 문득 묻습니다. 건강히 잘 지내시죠? 몸은 아니라도 마음은 늘 당신께 두고 다니는 제 심정을 알아주시기 바랍니다.^^ 당신의 봄 길을 응원합니다.

• 살다보면 홍합 먹다가 진주 씹는 경우도 나옵니다. 기회가 많으면 행운도 많아집니다. 행운 만세! 열심히 준비하다 보면 기회를 만나 좋은 결과가 나오는 때가 반드시 있습니다. 열심히 더 열심히 노력하세요. 그대의 건투를 빕니다.

• 오늘날 우리 사회에서 돈은 마치 아귀 같습니다. 무엇이든지 다 먹어 치우지요. 양심도, 예의도, 인간미도……. 아귀란 놈이 목구멍은 바늘구멍만 한데, 몸집은 수미산 같습니다. 부처님이 내린 벌이죠. 까닭에 아귀는 먹고 또 먹고 아무리 많이 먹어도 늘 배가 고플 수밖에요. 그는 절대 만족할 줄 모르며 먹기를 결코 그만두지 않습니다. 돈은 지금 한국 사회를 지배하는 괴물입니다. 돈 때문에, 그놈의 돈 때문에 인간에 대한 예의가, 생명에 대한 양심이, 상식과 염치와 인간미가 거의 빛의 속도로 무너지고 있습니다. 아아 슬픈 일입니다.

여름

• 낮에는 이제 덥군요. 오늘 처음으로 반팔 옷을 입어 봤는데 신기(神氣)가 있는지 제가 날을 딱 맞추었습니다. 안부 전합니다. 저의 신기를 받으옵소서.

• 미국의 아기 독립 교육은 놀랍습니다. 원리 원칙에 철저합니다. 합리적이라는 뜻이죠. 울어도 안아주지 않고, 정해진 시간이 아니면 우유를 주지 않으며, 갓난애도 부부와 떨어져 다른 방에 따로 재운다고 합니다. 그들의 '개인 독립 만세'가 여기서부터 시작되었군요.

• 안성에 사는 처남은 술 한 잔하러 그 먼 길을 차를 몰아 가끔 대구에 옵니다. 처갓집에서 처남은 싱싱한 횟감을 안주삼아 나랑 권커니 잣거니 하면 그렇게 편안하고 즐거울 수가 없답니다. 한 잔 술에 직장 스트레스가 썩은 이 빠지듯 몽땅 뽑혀 나간다 하네요. ㅋㅋ 하긴 그건 나도 그렇습니다. 어쩌다 처남이 오는 주말 저녁 시간은 열 명 남짓한 우리 모두에게 잔칫날이 됩니다. 장모님 혼자 사시는 처갓집이 가끔은 아이들과 어른이 한데 뒤엉킨, 빛 부신 북새통이 되지요.

• 그림을 봅니다. 딱정벌레의 대화가 정답군요. 존재하는 모든 것들은 자기표현을 합니다.

• 다른 누구보다 먼저 자신을 사랑하십시오. 자신을 매우 좋아하는 사람은 행복의 절반을 얻은 것과 마찬가지입니다. 나머지 절반의 행복은 자기 주변을 열심히 사랑하면 저절로 따라오겠지요?

• 둘 중의 하나가 꼭 필요합니다. 꿈이 있거나 애인이 있거나 - 둘 다 없으면 사는 게 재미없어요. 흥이 안 나요. 지루해요. 꿈과 애인은 설렘을 줍니다. 설렘이 행복입니다. 행복은 설렘입니다. 하루에 한 번 설레면 한 번 행복하고, 두 번 설레면 두 번 행복하지요. 도전하십시오. 새로운 도전 앞에서 절로 가슴이 설렙니다. 도전하면 떨리고 떨리면 설레고 설레면 행복합니다. 뛰어라 청춘, 설레는 삶을 향하여!

가을

• 단풍 천지 보며 눈이나마 호강스럽고 싶은데, 일상의 말뚝에 매여 아무 데도 못 간답니다. 마소도 아니고 이게 무슨 낭패랍니까, 글쎄! 오호 애재라, 이렇게 가을이 또 가나 봅니다.

• 공부는 습(習)이 중요합니다. 습(習)은 어린 새가 날개를 치며 날아오르는 연습을 반복적으로 하는 것을 본뜬 글자입니다. 날개가 있다고 다 날 수 있는 것은 아닙니다.

• 자신이 하는 일을 사랑하십시오. 그러면 성공할 수 있습니다. 그게 아니면 자신이 사랑하는 일을 하십시오. 그러면

행복할 것입니다. 자신의 장점에 돋보기를 대고 크게 보십시오. 자신이 잘 하는 일에 지속적으로 집중한다면 실과 바늘처럼 성공과 행복은 절로 따라옵니다.

• 태풍이 막 지나간 것처럼 세상이 고요합니다. 몽롱함 속에 하루가 이별을 고하고 있군요. 땅거미 속에 저녁볕이 조용히 아침을 잉태하나 봅니다.

• 가슴 뛰게 하는 게 지금 가까이에 있습니까? 사람이든 일이든 물건이든 간에. 첫사랑에 빠진 것처럼 어느 한 순간 설렐 수 있다면 행복합니다. 좋은 책 한 권, 좋아하는 한 사람, 좋은 취미 한 개가 세상을 아름답게 만들어줍니다. 가슴 설레게 합니다. 오래전부터 내게도 가슴 뛰게 하는 게 생겼습니다. 지금껏 진행 중인 그것은 바로 (　　　　　　)입니다. 괄호 부분은 본인 스스로 직접 답을 써 넣기 바랍니다. 없으면 나중에 애인을 만든 후에 다시 이 자리로 돌아오십시오.

겨울

• 새해 첫날에 성암산에 올랐습니다. 거기서 태곳적 바람을 만났습니다. 악수를 하고 정중히 인사를 나누었지요. 그

가 말하더군요. 헌 맘은 내려놓고 새 맘을 받아가라고. 읍하고 돌아서는데 뒷배의 삭풍이 얼마나 모질던지요. 아마도 '새해 벽두를 맵차게 살아라.'는 신령님의 주문인 듯합니다. 나는 두 손 모아 합장하며 산길을 총총 내려왔습니다.

　• 오늘은 집 나간 지 7시간 만에 과메기가 되어 집에 돌아왔습니다. 산행 길에 얼었다 녹았다를 되풀이하다 보니 저절로 과메기가 되더군요. 근데 산기슭 연못가에서 묘한 얼음부들을 보았습니다. 마른 풀대 하나씩을 속에 품고서 얼음기둥이 부들처럼 또 핫도그처럼 서 있더군요. 가녀린 풀대가 단단한 얼음 기둥으로 우뚝 선 모습이 경이로웠습니다.

　• 한놀이라는 호가 있습니다. '한잔 먹고 놀자'는 뜻입니다. ㅋ 농담이고요, '크고 바르고 훌륭하게 또는 으뜸으로 유일하게 한국적으로', '놀자'는 뜻을 담았습니다.

　• 다정한 인사가 그립군요. 여기에 누군가가 있어 반겨주면 좋으련만. 어릴 적 어머니의 다감한 모습이 떠오릅니다. 집에서 나를 기다려 주시던 어머니. 늦게 동무들과 놀고 들어올 때도 학교 마치고 집에 올 때도, 어머니는 늘 내게 말하곤 했지요. "이제 오나? 얼른 밥 먹자."

• 연말에는 시간이 더 빠른 속도로 달아나는 듯합니다. 그야말로 꽁지가 안 보이게 도망가는 형국이라 할까요? 신미양떼에게 밟힐까봐 2014 말이 숨 가쁘게 달아나고 있습니다. 지금부터 1월 1일까지 남은 시간은 사족입니다. 없어도 되고 있어도 되고요. 세밑을 따스하고 훈훈하게 잘 보내시기 바랍니다.

10. 어머니

내 곧 죽을란갑다
야야 내 큰 병 들거든
애면글면 병원 가지 말고
그냥 집에 놔두란 말씀
억새풀처럼 자란 우리 오 남매
저 있는 곳에 제가끔 남겨 두고
언제든 홀홀 떠나려는 어머니
우리들에게 젊디젊은 몸과 마음
보물인 양 물려주고
어느새 홀로 낡아졌어라

못난 아들과 함께 살며
몸 고생 마음고생
세월 따라 깊어져
속상하고 외로우면
덤으로 얹혀사신단 그 말씀

못내 애처로워라
중풍 맞아
반신불수의 몸 되어
남의 눈 피하며
버르적대며 살아오신
애통의 십 년
몸이 곧 맘인 것을
젊음이 곧 건강이란 걸
나이 들며 내 알겠어라

이모님 돌아가신 후에
말동무 사라지고
딱히 마음 둘 곳 없어
방문 닫고 텔레비전 벗을 삼아
하루해를 지우는 심정
도무지 알 이 없어
긔 더욱 섧은
어머니의 노년

봄

• 봄날입니다. 매호천변 해밝은 철길 아래 아침 10시. 수원에서 승용차 타고 온 대나무 두 단 - 회오리검신 님의 정성이 실어온 그것은 잘 차려진 생일 밥상 같았습니다. 진검 베기 야외 수련은 솥단지 밥만큼이나 맛있고 낭만적이기까지 하더군요. 초록빛 즐거움이 봄바람 타고 남실남실, 찰랑찰랑. 한검 동유 님의 명쾌한 지도는 깊은 산골의 청량한 샘물 맛이었습니다. 2시간 남짓의 시간, 저는 놀랍게도 이전과 전혀 달라진 검객이 되어 있더군요. 게다가 파장 무렵에 노랑나비처럼 날아온 규리 아씨 덕에 즐거움이 배가되었습니다. 준비한 삼겹살이 동이 나면서 언뜻 검동유의 생기와 활력이 집대성되어 나타나더군요. 그것은 정녕코 해와 달과 별 같은 밝음이었습니다. 광명 천지였습니다. 검동유 만세!

• 전세 제도는 전 세계에서 우리나라에만 있다고 합니다. 생각수록 다행스러운 일이 아닐 수 없습니다. 아이들 장가 밑천으로 작은 전세방 하나는 장만해 줘야겠지요. 아직 세월이 많이 남아 있어 또 다행입니다.

• 술은 부작용이 가장 적은 약이라 했으니, 약주라는 말이

훌륭합니다. 술을 적당히 즐길 줄 알면 그날 하루 신선이 되고 선녀가 될 수도 있겠지요. 나는 맥주, 당신은 소주 - 자 한 잔 하시죠?

• 순수와 겸손은 감동을 자아내는 영원한 샘터입니다. 세세연년 일상에서 감동하며 살 수 있는 묘수이지요. 순수와 겸손을 잃어버리면 그때부터 생의 불행이 순식간에 먹구름처럼 찾아옵니다. 까닭에 생애가 끝나도록 겸손과 순수를 잃지 말고 잘 갈무리하기 바랍니다.

• 변화에 천천히 순응하면 오래 살아남을 수 있습니다. 실험을 해보았습니다. 차차 조금씩 영하 80도까지 내려가도 식물이 얼어 죽지 않고 멀쩡했습니다. 그러나 순식간에(단 1분 만에) 기온을 10도 내렸을 때 그 식물은 견디지 못하고 얼어 죽었다고 합니다. 감당할 수 있는 한계치를 순간적으로 넘어서버린 것이죠. 생활의 스트레스는 그때그때 바로 풀어야 한다는 뜻으로 해석하고 싶군요.

여름

• 예서체로 내려오는 빗줄기가 먼 산봉우리들을 하나둘

지워나가는군요. 비에 둘러싸인 나는 마치 고독한 전사 같습니다.

• 시간의 여객선에 몸을 싣고 흘러갑니다. 역사이면서 풍속이면서 일상인, 세상이라는 너른 바다. 꿈이 없는 자에게는 눈앞의 파도만 보이고 꿈을 가진 이에게는 그 너머 대륙이 보인다지요. 쉼 없이 파도치는 바다 - 우리 삶터가 이와 같습니다.

• 추위도 좋고 더위도 좋습니다. 주말은 즐겁고 기쁩니다. 왜냐 하면 주말은 언제나 마음이 먼저 봄날이니까요.

• 진검 베기 대회에 출전을 신청하고 맹렬 연습 중입니다. A4용지에 시제를 그려놓고 틈나는 대로 들여다보고 있습니다. 일명 눈 수련, 허공 베기 연습 중입니다. 나름 재미있고 짜릿하네요. 다음 주 중반쯤에는 대회 시제를 다 외울 듯합니다. 응원해 주세요.

• 아이들은 종종 묻습니다. 공부를 왜 해야 하는지? 그리고 또 왜 공부를 잘 해야 하는지를 묻습니다. 질문 끝에 딴 짓을 멈추고 모두 솔깃해 합니다. 그때 나의 대답은 이렇습니

다. 인간이 되기 위해서 공부해야 한다고. 인간 역시 동물이
며 그러나 인간이 되고자, 인간답게 살고자, 기어코 나답게
살려면 공부해야 한다고 한바탕 장광설을 풀어놓습니다. 유
난한 자기 문화의 꽃을 피우기 위해 열심히 공부해야 한다고
말이죠. 후훗, 근데 아이들은 질문만 던져놓고 끝. 내 말을 전
혀 귀담아 듣지 않더군요.

가을

• 벌써 9월. 갈등의 고빗사위를 힘겹게 넘습니다. 8막이 끝
나고 9막이 시작됩니다. 12막으로 된 연극 한 편. 2014년에 받
아든 나의 생활 달력입니다.

• 이 가을에 꼭 먹어야 하는 감은 무엇일까요? 먹으면 힘
이 세지는 감은?

　- ㅋ자신감. (자신감은 사람이 살아가는 모든 힘의 근원입니다.)

• 삼천 미녀들이 꽃잎처럼 우수수 떨어진 곳, 겨울 낙화암
이 보고 싶군요. 찬바람 헤쳐 가며 우수 짙은 풍경들과 만나
고 싶습니다. 하루를 살면서도 천년을 생각하는 날이 한번쯤
은 있어야 할 듯해서요. 당신 손을 꼭 잡고서 바람 부는 백마

강변을 걷고 싶습니다. 겨울이 오면 언제 한번 시간 내어 주실 거죠? 답변을 기다립니다.

• 11월의 끝자락입니다. 한 모롱이 굽어들면 새하얀 겨울이 기다릴 테죠. 씩씩하게 우리 함께 걸어가요. 가서 만나요, 하얀 겨울을.

• 보는 걸 좋아하면 지식이 늘어나고, 듣는 걸 좋아하면 지혜가 생겨납니다. 서양은 전통적으로 보는 걸 좋아하고 동양은 듣는 걸 선호했습니다. 그래서 귀가 큰 사람을 동양에서는 지혜로운 이로 숭상했지만, 서양에서는 바보, 멍청이로 놀렸습니다. 오늘날 사람들이 남의 말은 잘 안 듣고 자기 말만 쏟아내느라 바쁩니다. 이 시대에 지혜로운 이들이 자꾸 사라지는 이유가 여기에도 있지 않을까요?

• 인생은 훈련소가 아닙니다. 군사 훈련처럼 힘든 일, 어려운 일, 고통스런 일만 계속하는 곳이 아니겠지요. 일상에서 부스러기 즐거움을 잘 챙겨야 합니다. 어떻게 태어난 인생인데 하루하루 즐겁게 살고 볼 일입니다. 그렇더라도 일주일에 삶이 다섯 번 힘들고 두 번 즐거우면 충분합니다. 주말이 필요한 까닭이 여기에 있겠지요. 그대의 건투를 빕니다. 화이팅!

겨울

• 유난히 추운 날씨에 궂긴 소식이 잦습니다. 근 일주일 간격으로 문상을 다니고 있습니다. 그러나 힘들기는 해도 고통스럽지는 않습니다. 죽음은 언제라도 삶을 찾아오고, 삶은 죽음을 향해 길을 떠나야 하니까요.

• 바람이 찹니다. 추워요. 그래도 우리, 얼지 않는 바다처럼 새해를 헤쳐 나갑시다. 날은 추워도 따신 밥 먹고 힘을 펄펄 내자고요.

• 소식을 전하는 것도 쉽지 않군요. 길이 아득히 멀어졌습니다. 며칠째 한의원에서 치료 받고 있습니다. 아이들과 도장에서 놀다가 공을 잘못 밟아 공중 부양 후 허리를 다쳤습니다. 그리고 보니 인생은 평생 공사 중이네요. 깎고 다듬고 바루고 옮기고 고치고…… 공사 끝나는 대로 당신과 겨울 호숫가를 천천히 거닐고 싶습니다. 약속해 주세요.

• 밤의 가슴에 슬픔이 눈송이처럼 날립니다. 설원이 되고서야 아침이 눈을 뜨겠지요. 어쩌면 아침 햇살은 밤의 슬픈 눈빛이 그제야 반짝이는 것인지도 모릅니다.

• 밥 먹으니 좋고 배부르니 좋고. ㅋㅋ 방금 점심을 먹고 짬을 내어 당신께 소식 전합니다. 저는 하루 세 끼 밥맛이 좋기만 합니다. 시름 많아도, 힘이 들어도, 밥 먹는 건 늘 즐겁습니다. 내가 살아가는 가장 큰 힘은 밥심이며, 밥심의 원천은 바로 당신입니다.

11. 꽃 한 송이

꽃 한 송이 피었네
봄의 숨결 닿기 전에
내 맘밭에 황홀하게
붉은 꽃 한 송이 피어나네

이 꽃은 어디서 왔나
그림자에도 향기 묻어나는
이 고운 꽃은
바람 부는 산언덕 너머
무지개 뜬 마을
그곳서 맑게 흐르는
개울물 소리 따라
여기까지 왔지

고운 이 꽃 어디서 왔나
재재거리는 작은 소리로

향내 실어 보내는
아리따운 이 꽃
볼수록 곱디고운
붉은 꽃 한 송이
햇살 어디 두었나

나 모르던 그로부터
아침 이슬에
풀잎처럼 깨어나고
저녁노을에
온 마음 물들이며
고운 얼굴로 피어 있었지

이 고운 꽃을 지금 보네
붉은 마음 감추며
고운 꽃을 햇살 몰래
나 먼저 바라보네
봄비 맞아 더 예뻐진
고운 꽃을 맘속에 담으려
해 저물도록 이윽히 보네
고운 꽃 어디로 가나

속살거리는 봄비에
온 몸 내맡기는
저 예쁜 꽃
이 비 그치면 어디로 가나

비에 젖어 환한 빛
더욱 부시게 살아나는
붉은 사랑 하얀 꽃
내 맘속에 피는 꽃
빗속에 아름답게
슬프게 떨고 있는 꽃
이 고운 꽃 이제 어디로 가나

봄

• 오늘 날씨가 흉흉합니다. 어두컴컴하고 쌀쌀맞고 심술궂고 냉랭하고. 포실한 봄 햇살이 자못 그립습니다. 있을 땐 몰랐는데 햇살의 빈자리가 너무 크군요. 내일 그를 만나면 반갑게 인사하렵니다. 두 손을 꼭 잡고서, "와 주어서 고맙다"고, "당신이 너무 보고팠다"고.

• 사랑의 반대는? 미움? 아닙니다. 사랑의 반대는 무관심입니다. 미움과 사랑은 한 뿌리에서 돋아나는, 두 개의 다른 잎사귀일 뿐이죠. 그러나 무관심은 전혀 다른 뿌리를 갖고 있습니다. 대상이 자신과는 아무 관계가 없다고 단정하는 것입니다. 그래, 무관심은 사랑도 주지 않고 미움도 주지 않습니다.

• 지금 우리 사회의 제일 큰 문제는 무엇일까요? '나만 살면 돼. 알게 뭐야? 나랑 상관없어.' 바로 이런 생각이 아닐까요? 무관심-그러나 세상은 인연의 끈으로 얼키설키 거미줄처럼 얽어 있으며, 관계의 그물망 안에서 서로는 밀접하게 연결되어 있습니다. 까닭에 이웃이 행복해야 나도 행복합니다. 이웃은 '우리'라는 울타리 속에 들어 있는 대가족일 테죠.

존경하는 벗님들이시여, 가족을 사랑하는 마음으로 날마다
이웃을 대하면 어떨까요?

• 집에서 영화 「아바타」를 보았습니다. 소문대로 첨단의
영상미가 과연 장난이 아니더군요. 내용은 한 마디로 '서구
문명의 지구촌 습격 사건'이었습니다. 실제 역사 그대로라
고 말해도 좋을 법하더군요. 판도라 행성의 나비 족은 비서
구인들이며, 과거에 우리들 역시 나비 족이었던 기억이 새삼
아픔으로 떠올랐습니다.

• 영산배에 맥주를 부어 마셨습니다. 맛이 씁니다. 가슴이
시리고 헛헛하네요. 봄날이 지나갑니다. 오랜만에 대회 나가
서 참가상으로 볼펜 하나만 달랑 받고 말았습니다. 위로해
주실 거죠? 아 찬란하게 부서진 슬픔이여.

• 틈나는 대로 쉬세요. 자주 자주 쉬세요. 몸과 마음을 혹
사하지 마십시오. 세상의 모든 병마와 다툼과 전쟁은 심신의
피로도가 극에 달한 상태에서 발생한 것입니다. 쉬세요. 잘
쉴 때 비로소 인간은 자연이 됩니다. 평화로움 속에서 소요
유(逍遙遊)의 공간을 노닐게 되지요.

여름

• 모처럼 장마 본색을 드러내는 주말입니다. 일삼아 흐린 유리창을 응시하며 눈빛을 맑게 닦아봅니다. 빗방울이 어깨 동무하다가 '덱데굴 덱데굴 데굴데굴 덱데굴' 굴러서, 깜냥의 몸짓으로 짧은 순간을 예술로 살아내는군요. 빗방울이 하나하나 별 같고 꽃 같습니다. 종내 흔적 없이 사라지는 거라서 더욱 눈물겹게 아름답습니다.

• 며칠 전에 놀다가 다쳤습니다. 지난 금요일에 체육관에서 또 공을 빗 밟아 몸이 한 차례 공중부양을 했지요. 이후 콰당탕, 가운데 기둥 벽에 왼 옆구리 께를 강하게 짓찧었습니다. 지금 물리 치료, 약물 치료 중입니다. 에고공, 아직 잘 걷지도 못 합니다. 몸의 건강이 행복의 절대 조건임을 알았습니다. 덕분에 자질구레한 집안일은 전부 면제 받았습니다. 당분간 운동을 쉬어야겠습니다. 넘어진 김에 쉬어간다고, 쉬어도 보람 있게 쉬어야지요. 이참에 뱃살 빼기 프로젝트에 돌입합니다. 그대여, 응원해 주세요.

• 하루하루 일상을 안전 운전하고 있습니다. 젖은 길 미끄러질세라 마른 길 불붙을세라. 조심조심, 또 조심. 몸 조심 마

음 조심. 운전 조심 불 조심. 술 조심 여자 조심~

•거실 바닥을 오독오독 쇠 수세미로 닦았습니다. 5년 동안 묵은 때가 오디 물처럼 가맣게 배어나오더군요. 낮 11시에서 2시까지, 나중에는 어깻죽지가 쇠몽둥이를 한참 든 듯 무지근했지만, 보람찬 하루를 보내고 있다는 자부심이 곧 오색 무지개처럼 피어났습니다. 바닥을 고루고루 비누칠하고 쇠 수세미로 박박 문지르고 마지막으로 물을 양동이로 냅다 들이부어, 집을 아니 거실을 낙동강 지류로 만들어 놓았더랬지요. ㅋㅋ대청소 끝나면 옆 사람이 서문 시장 칼제비를 사 준대요. 이제 곧 시장으로 나갈 판에 당신께 급히 소식 전합니다. 오늘은 잔치 국수가 먹고 싶군요. 대청소 큰 잔치가 뿌듯합니다. 온몸이 땀으로 범벅이 되었습니다. 이제부터 먹는 잔치를, 톡톡히 다시 한 번 치르고 오겠습니다.

•별은 멀어서 별입니다. 지금 내게 멀리 있는 것들은 모두 빛나는 별입니다. 내 사랑 그대여, 그대는 낮밤 없이 내 가슴 속에 영롱한, 가장 소중한 별입니다.

가을

• 만추의 빛 그늘이 가득하군요. 일렁이는 빛 그늘 - 눈길 닿는 곳마다 천진난만한 시정이 넘쳐납니다. 나무는 울긋불긋 변심하여 상심객의 마음을 더욱 흔들어놓습니다. 이 좋은 계절에 그대도 곧 삽상하고 알뜰한 수확 있으시기 바랍니다.

• 기술 없는 예술은 허무하며, 예술 없는 기술은 감동이 없습니다. 자연은 그대로가 기술이고 예술이고 감동입니다마는, 대자연은 인간이 지구에 등장하기 훨씬 이전부터 가장 위대한 창조주이며 예술가로 존재해 왔습니다. 지금도 역시 그러합니다. 당신도 인정하시죠?

• 가을이 되면 잘 먹어야 합니다. 간에 기름이 좀 끼어야 동면에 들어갈 채비가 된 것이죠. 가을과 초겨울에는 사람이나 동물이나 먹성이 좋아져서 잘 먹고 또 많이 먹습니다. 이래서 가을을 '천고마비'의 계절이라 하나 봅니다. 또 가을은 운동장 체육 행사가 유독 많아서 '근육 마비'의 계절이라고도 한다죠?

• 잃어버린 동심을 찾습니다. 욕심, 흑심, 탐심을 씻어줄

고운 동심. 동심이 곧 사랑이지요. 벗님들이시여, 오늘 하루는 동심을 챙겨 사랑의 동심원을 함께 그려보아요. 동심이야말로 순수 즐거움의 고향입니다. 낭만의 바다입니다. 구호 한 번 외쳐볼까요? 건강 백세 동심 만세!

• 태양은 기체 덩어리이며 유체라고 하네요. 실바람에도 휘리릭 날려가는 실 보풀 같은 게 태양이라니, 우습기도 합니다.

겨울

• 함박눈이 펑펑 내립니다. 대구에는 좀체 없는 풍경이라서 한껏 새롭군요. 움직이는 건 오롯이 눈송이뿐, 모든 게 정지 화면처럼 멈추어져 있습니다. 이런 날에는 좋은 사람들 몇이서 오롱조롱 모여 앉아, 간단없이 이어지는 자연의 그림을 잠자코 바라보기만 해도 좋을 듯합니다.

• 이제 곧 남쪽에서 꽃바람이 불어오겠죠. 봄빛을 기다리며 재미로 퀴즈 하나 내겠습니다. 옛날 고구려 백제 신라 중에서 유독 신라에만 여왕이 있었던 까닭은 무엇일까요? - 네 뭐라고요? 하하하 맞혔군요. 넵, 맞습니다. 골품 제도가 정답

입니다. 성골(순수 왕족)만이 왕위를 계승할 수 있게끔 만든 신라의 제도 때문이지요. 물론 나중에는 김춘추 때, 진골도 왕위를 계승하게 됩니다만, 현대 페미니즘 시각에서는 여왕의 존재가 별스런 가치나 의미를 전해주지 못해 아쉽기도 할 것입니다. 어쨌거나 그때는 여왕님 만세~입니다. 저는 진작 집에서 여왕님을 모시고 살고 있습니다. 많이 힘듭니다.

• 출렁거리는 배가 만선의 꿈에 부푼 한바다의 고깃배가 아니라, 지금 내 배라는 게 참 문제입니다. 설날 뒤끝에 몸이 무거워져(너무 많이 먹어서~) 설 힘도 없이 설설 기어 다니는 중입니다. 이래서 남자들에게 설은 설날, 그러니까 설설 기는 날인가 봅니다.ㅋㅋ

• 바깥 수련 날입니다. 몸은 얼고 손은 곱고, 대나무를 밑불로 해서 화톳불을 만들었습니다. 활활 타오르는 불빛이 황홀하더군요. 너울거리는 불이랑 곁에서 검신님으로부터 보법과 도법을 열심히 전수 받았습니다. 사형의 가르침은 세련되고 훌륭하나 문하생이 신통찮아서 면목이 없습니다. 잿불 위에 얹어둔 군고구마를 때에 맞춤하게 건져내지 못한 채로, 열심히 대나무 베기를 하고 사진으로 찍고 하였습니다. 마당의 불이 괄게 타오르는 만큼 우리 열정도 꺼질 줄 모르고 내내 활활 타올랐답니다.

12. 긴 꿈

세상에는 마음들이 모여 산다
굴렁쇠 마음, 외바퀴 마음
놋쇠그릇의 마음, 개똥참외의 마음
까투리의 마음, 여우의 마음
마음들은 다들 제 몸에 꼭 붙어 있다

꿈을 꾼다 한 바탕 긴 꿈을
온 마음들이 마음 놓고 사는 그런 꿈을
너럭바위의 마음, 쇠비름의 마음
물총새의 마음, 땅강아지의 마음
이 마음들이 시냇물처럼 흘러 흘러
생명의 잔물결 출렁이는 꿈을

모든 생명들이 제 마음대로
살아가는 세상을 꿈꾼다
가을 산 꽃단풍 같은 마음

황혼 녘 구름더미 같은 마음
새벽 종소리에 화들짝 깨어나는 마음
봄 산에 별 잔치 기다리듯
꿈꾸듯이 열리는 세상을 바란다

몸과 몸이 하나이듯
느티나무와 돌고래가 하나이듯
마음은 온 생명 속에 있고
생명 속에 마음이 살고 있는 것을

봄

• 만개한 벚꽃이 시선을 붙드는군요. 별 같고 꼬마전구 같은 꽃송이들이 탐스럽게 피었습니다. 꽃나무가 꿈에 젖은 듯 황홀합니다. 바라보는 나조차 몽롱해지네요. 모든 게 꿈같습니다. 안견의 「몽유도원도」에 비견하여, 오늘 낮은 단단의 「몽유이원도」가 탄생하였습니다.

• 실수하셨군요. 그러나 절망하지 마세요. 실수는 실패가 아닙니다. 실수하는 당신이 아름답습니다. 실수했기 때문에 아름다움을 얻었습니다. 주변 사람들은 당신 때문에 웃습니다. 그래요, 당신의 실수 때문에 세상은 한 겹 더 아름다워졌고, 따스하기까지 하답니다. 가끔 있는 실수는 생을 맛깔나게 하는 양념입니다. 일껏 도전하세요. 실수는 아름답습니다.

• 아파트 엘리베이터 안에서 특별한 글을 보았습니다. 누군가 이사 가면서 붙여놓은 편지글입니다. "송별 인사드립니다. 살면서 마음은 있었으나 따스한 말 한 마디 못 드리고 가게 되었네요. 근 8년간 엘리베이터 속에서 마음을 나누었던 눈인사 속에서 위로도 받고 정을 느끼고 갑니다. 주변에

계신 모든 분들께 좋은 일 많이 있으시길 기도 드립니다. 성서로 가는 1301호 드림."

• 너무 피곤하지 않도록 조심하십시오. 이것이 날마다 해야 할 가장 중요한 일입니다.

• 별처럼 아름답게 태양처럼 뜨겁게! 우주에는 매초마다 1천 개의 태양이 탄생한다고 합니다. 먼지와 가스가 모여 별이 되지요. 별 볼 일 없는 것들이 조화를 부려 별이 되어 반짝입니다. 사람살이에도 먼지와 가스가 많습니다. 쉴 새 없이 새 태양이 만들어지듯 일상의 잔 부스러기들을 모아서 자기만의 영롱한 별을 만드는 과정이 인생이라고 할 수 있지 않을까요? 일상의 틈바구니에는 별이 되려는 온갖 단계의 긴장과 침묵이 비밀스레 숨어 있습니다. 사랑하는 벗님이시여, 흩어져 있는 가스와 먼지를 모아서 나만의 별을 만들어보지 않으시렵니까?

여름

• 매암 매암 매아암~매미의 노랫소리가 폭염을 가릅니다. 몸은 더운데 귀가 시원하군요. 매미 소리 때문에. 하늘 저편

으로 메아리치는 한여름 꼬리가 언뜻 보입니다. 세상은 아직도 여름 한복판에 풍덩 빠져 있습니다. 덥습니다. 그대에게 안부 전합니다. 건강하시죠?

• 습도가 높군요. 높은 불쾌지수는 환경 조건일 뿐, 상쾌지수는 자기 삶의 창조적 운용 중에 변화의 파도를 타겠죠. 더위도 하하하 호호호 웃어 봅시다. 강더위가 깜짝 놀라 달아나지 않겠어요.

• 더울 때는 엉뚱한 생각을 한 번 해보세요. 말도 안 되는 유치찬란한 상상에 깜짝 놀란 염제가 화염방사기 사용을 잠시 멈출 수도 있습니다. 후훗, 세상의 모든 변화는 '엉뚱한 비정상의 인간들' 때문에 일어났음을 믿고, 한더위 고비에 일을 크게 한 번 저질러 보세요.

• 오늘은 종일을 두고 밝았다 흐렸다 해 났다 비 오다 - 날씨가 삼계탕 끓듯 요란합니다. 한밤인데도 지금 무척 덥군요. 빗 기운을 잔뜩 머금은 바람결이 끈적이며 달라붙습니다. 선풍기에서 더운 바람이 땀을 삐질삐질 흘리며 빠져나오는군요. 에고공, 요즘은 잠이 노상 모자라네요. 잠 잘 자는 게 보약이라는데, 잠은 하마나 멀리 달아나 있습니다. 지금 내

곁에는 무더위뿐, 어여쁜 당신은 또 너무 멀리 있습니다. 마치 가을바람이 아스라이 먼 것처럼.

•하루를 사는 것은 일생을 한 번 사는 것과 같습니다. 저녁 어스름에 동네 산을 한 바퀴 돌면서 얻은 생각입니다.

•밀린 숙제를 다 하고 나니 마냥 즐겁고 신이 납니다. 어린애들의 마음을 알겠군요. 여유를 얻고 보니 볼거리, 놀거리, 먹을거리가 또 눈앞에 삼삼이네요.

가을

•어느새 10월도 종점을 향해 달려갑니다. 새삼 세월이 빠르기에 조바심이 나는군요. 새 꿈은 아득히 멀고 삶은 내내 제자리걸음입니다. 안타깝고 속이 탑니다. 그래도 힘을 내어 다시 뛰어야겠지요? 알곡을 수확하는 기쁜 소식을 그대와 곧 나눌 수 있으면 좋겠습니다.

•가을 산의 단풍에는 여름의 미소가 풍경으로 스며 있습니다. 알록달록 단풍은 초록 잎새의 파안대소라고나 할까요?

• 어항 속을 유영하는 금붕어를 봅니다. 금빛 찬란한 자태와 기품 있는 걸음새 - 그는 먼 옛날에 용궁의 지체 높은 귀족이었을까요? 제 아름다움을 제가 보지 못하는 안타까움이 어항 안에 잔물결로 퍼져 갑니다. 금어의 슬픈 노래가 살랑거리며 유리 어항을 울리는군요.

• 베기 직후 가끔 대나무 속청이 눈송이처럼 흩날릴 때가 있습니다. 마치 설국에 온 듯 낭만적인 기분에 빠져 잠시 황홀경을 노닐지요. 아주 가끔 있는 일이라서 더 좋습니다.

• 창 너머 구름이 보입니다. 얼룩진 유리창 때문에 너머 흰 구름에도 때가 묻었군요. 창문을 활짝 열었습니다. 파아란 하늘이 더없이 맑고 깨끗하네요. 아아, 유리창이 내 마음이란 걸 알았습니다. 얼룩을 제때 지워야 세상이 깨끔해지겠지요. 마음의 눈을 뜨고 창 너머를 다시 봅니다.

겨울

• 지금 밖에는 진눈깨비가 춤을 춥니다. 봄과 겨울의 섞바꿈. 이별과 만남이 두 손을 맞잡고 서로 인사를 하네요. 아쉬움과 기쁨이 정을 나눕니다. 반갑다고, 잘 왔다고, 잘 가라고.

• 항상 자신을 돌아보고 단련하십시오. 그러면 삶은 결코 현실을 배신하지 않을 것입니다.

• 날이 너무 너무 춥습니다. 고민 끝에 아이하고 인강(인터넷 강의)을 같이 듣고 있습니다. 방학 첫날에 받아본 성적표 충격으로 말미암은 것입니다. 국어, 영어, 수학, 과학, 사회 - 중학교 인강 공부가, 빠져들수록 뜻밖에도 재미가 솔솔 풍겨 납니다. 컴퓨터 앞에 앉은 아이 뒤태가 정말 이쁘네요.

• 이웃에게 따스한 정을 수시로 배달하세요. 지금 내 곁에 있는 사람이 이웃입니다. 이웃을 사랑하세요. 옆 사람에게 미소를 전하세요. 미소 짓는 하루가 행복합니다.

• 어떤 날은 견디기조차 힘에 벅찰 때가 있습니다. 맛도 없고 멋도 없고 재미도 없고 보람도 없는 삶은 너무 힘겹습니다. 도전할 것도 없고 열심히 할 것도 없고 열정도 없고 이루고 싶은 것도 없는 인생은, 남은 것이라고는 하품하는 일밖에 없습니다. 나이는 숫자에 불과한 게 맞습니다. 청춘은 열정과 도전의 다른 이름입니다. 나이는 아랑곳없이 도전의 열정에 몸이 뜨겁다면 그는 청춘입니다. 오늘도 나는 외칩니다. "뛰어라 청춘!"

13. 아내

우리 집사람
예쁠 것도 신통할 것도 없이
그저 한몸살이 식구
곱다가 밉다가
어느 구름 더미에
해님 숨었나
비님 들었나
내처 내 마음 가져가는
어여뻐라 감정 배달지기여

봄이 오는 길목에서
문풍지처럼 오슬오슬
떨고 있는 아내여
애인처럼 벗님처럼
사랑에 겨워
나와 한몸지기가 된 당신
오오 살가운 아내여

아침놀에 반짝이는
구름송이처럼
나 그대를 사랑하노니
우리 가는 길
꽃길 아니래도 좋아라
믿음을 벗 삼아
손잡고 가는 길
물길 돌길이래도 좋지
봄꽃 같은 마음 환히 밝히고
백년해로의 꿈길로
아내여
이 손 잡으려무나

봄

• 봄은 왔으되 내 가슴에 봄빛이 아직 도달하지 아니하였습니다. 봄바람이여, 부디 찬란한 빛을 몰고 나를 찾아오소서!

• 봄 처녀를 만나고 싶습니다만 그녀는 아직도 집에서 꽃단장 중인가 봅니다. 오늘은 안동에서 하룻밤을 보냅니다. 고교 졸업 후 안동 친구 집에서 해마다 하루를 묵었습니다. 참으로 오랜 세월을, 생각해보면 나도 그도 깜짝 놀랄 일입니다.

• 낭만의 겨울이 가고 엄혹한 봄이 찾아왔습니다. 백화제방 - 꽃들이 다투어 경쟁입니다. 꽃들에게는 겨울이 차라리 봄날이었습니다. 졸업 후 세상에 내던져진 젊은 청춘들이 또한 그러함을!

• 주파수가 맞지 않으면 사람을 읽을 수가 없습니다. 마음은 입자가 아니라 파동인 까닭입니다. 그와 주파수를 맞추기 위해 애를 쓰십시오. 그러면 두 세계가 하나 되는 기쁨을 자주 맛볼 수 있을 테니까요. 사랑의 기쁨은 주파수 맞춤, 곧 만남과 배려의 즐거움입니다.

• 시조에 대해 피곤할 정도로 생각에 생각을 거듭한 날들이 이어졌습니다. 며칠째 나를 지켜보던 누군가가 한 마디를 던지더군요. "저 이제 시조 그만, 쉬죠?" 귀가 번쩍 뜨이고 정신이 총명해져, 나를 퍼뜩 돌아보았습니다. 에고 그러고 보니 그간 내 가슴은 묵정밭이 되고 말았네요. 곳곳에 거미줄이 걸려 있고 메뚜기랑 방아깨비가 연신 뛰어나옵니다. 놀란 눈으로 살피니, 함부로 자란 풀 더미 속에 그래도 청명한 가을바람이 숨어 있군요. 진짜인 내가 살아 있음이라. 갑자기 즐거워집니다. 한 줄기 콧노래를 길게 불러봅니다.

여름

• 칠포 해수욕장에 다녀왔습니다. 번개처럼, 하루만에. 해변의 모래알보다 사람들이 더 많군요. 어제는 나와 가족들이 한 톨 모래알이 되었습니다.

• 간밤 내린 폭우로 세상이 더없이 깨끗합니다. 차도 나무도 풀잎도, 찬란히 반짝이기까지 합니다. 아침결에 보니 잡티처럼 긴 먼지 구름은 사라지고 하늘이 스무 살 아가씨처럼 보얗게 씻은 얼굴이 되어 있더군요. 바람도 한결 시원합니다. 대회를 앞두고 하늘의 응원을 받는 듯하여 기분이 좋습

니다. 세상은 요지부동 그대로인데, 해석은 사람마다 제 나름입니다. 독해 능력의 중요성이 새삼 사무치는군요. 꿈보다 해몽이 더 중요한 게 맞습니다. 여기서 꿈은 '현실'을 이르는 것이고, 해몽은 '현실에 대한 제 나름의 생각이나 해석'을 가리킵니다. 그래요 맞습니다. 한 사람의 행복지수의 높낮이는 국어 공부 능력과 대체로 일치합니다. 그러니까 국·영·수 공부 중에 국어가 제일 중요하지요. ㅋㅋ

• 더위에 질식된 듯 모든 물상이 숨죽인 가운데, 그러나 잘 두드리면 열릴 것 같은 삶의 문을 바라봅니다. 욕심과 절제는 마음을 사이에 두고 타협과 다툼을 거듭하지요. 소용돌이치는 격정의 용광로 속에서 이모저모 잡사를 겪어가는 게 삶이 아닌가 합니다.

• 벗님들이시여, 열정으로 몸을 덥혀 불더위와 맞서기 바랍니다. 저도 이곳에서 염제와 싸우렵니다. 화이팅, 건투를 빕니다.

• 비가 오락가락하네요. 나도 비 따라 오락가락하며 하루를 보냅니다. 날씨가 나인지 내가 날씨인지, 날의 모양새(날씨)에 감정과 기분이 오롯이 담기는군요. 역시 사람은 태양이

낳은 한 조그만 생명체인가 봅니다. 이제 칠월이라는 하늘의 선물을 두근두근 설레며 기다립니다. 가까이서 한여름의 발자국 소리가 들려오는 듯도 합니다.

가을

• 연휴 터널의 끝이 보이는군요. 가슴에 보름달을 하나 들였습니다. 환하고 다사롭군요. 그대는 두둥실, 언제라도 밝은 나의 보름달입니다.

• 세계대회 참가 겸 도장 캠프를 무사히 마쳤습니다. 무려 사흘 동안에 걸쳐서 일이 진행되었지요. 오래 비워둔 고향집 같은 곳에서 다시 소식 전할 수 있어 기쁩니다. 대회가 끝나고 용평 돔의 달빛이 이끄는 대로 하나둘 모여든 사람들. 베란다에 둘러앉은 모두의 얼굴에는 보름달의 넉넉하고 여유로운 미소가 흐르고 있었습니다. 결승 진출의 설렘도 탈락의 낙심도 다 내려놓고 오직 만남을 기뻐하는 자리가 이어졌더랬지요. 휘영청 밝은 달빛이 사람 사람의 가슴 깊은 곳을 은은히 비추어주는 것 같았습니다. 며칠 새 몸은 고달파도 기분은 은하처럼 맑아졌답니다. 화이팅. 다시금 새 출발입니

다. 추억은 아름다워도 일상은 누추합니다. 그래도 힘을 내겠습니다. 당신의 도움이 필요합니다. 응원해 주실 거죠?

• 백인들은 햇빛에 굶주린 사람들입니다. 부족한 멜라닌 색소를 얻으려고 툭하면 벗고 설칩니다. 덕분에 비키니 여자를 많이 볼 수 있어 좋습니다만.ㅋ

• 점쟁이를 찾아간 이성계가 '문(問)자'를 짚으며 물었습니다. 이리 봐도 임금 군(君), 저리 봐도 임금 군(君)이니 머지않아 군주가 될 것이라는 답변이 돌아왔습니다. 이번에는 거지를 잘 차려 입힌 후 역시 '물을 문(問)자'를 짚도록 했습니다. 그러나 돌아온 답변은 "문(門) 밑에 입[口]이 있으니, 평생 빌어먹을 거지 상이오."라고 했다는 이야기.

• 쾌적한 에어컨 공기 속에 담겨서 바깥을 내다봅니다. 청풍 호반 위로 미끄러지는 한 척의 유람선. 주변 풍광은 시시각각 활동사진처럼 변해가고, 수면 위로 하얗게 부서지는 물보라와 그것들을 지켜보는 수많은 눈들. 선객 모두가 더위와 일상을 잠시 잊고 놀이가 주는 여유와 낭만을 만끽하는 표정들입니다. 청풍명월의 세월을 이틀 보내며 새 활력을 안고 돌아왔습니다. 게다가 오래 보고 싶어 했던 사람들을 만나서

더없이 유익하고 행복한 시간을 누렸습니다. 이 기쁜 소식을 그대에게 제일 먼저 안부 삼아 전합니다.

겨울

• 하루살이에게 겨울은 너무 먼 곳입니다. 지구에서 보는 안드로메다 행성이라 할까요? 아예 없는 곳이라는 게 낫겠군요.

• 집 나갔던 보검이 날씬한 아가씨가 되어 내 품에 돌아왔습니다. 검 날이 손상되어 수리를 맡긴 지 근 보름 만에 말이죠. 몸무게도 빠지고 해서 제 손에 착 감겨 붙네요. 천하 미인을 품에 안은 듯 설레며 또 설레며 마음이 든든하고 의기양양 새 기운이 돋습니다.

• 서울 경기는 눈 폭탄 때문에 사람도 차도 하얗게 질렸더군요. 뉴스에서 본 적이 있습니다. 당분간 많이 조심하시기 바랍니다. 대구도 골목길은 지금 얼음판입니다. 조심 조심. 차 조심 사람 조심. 눈 조심 얼음 조심.

• 불가사리의 생명력이 놀랍습니다. 불가사리를 다섯 조각으로 분리하면, 몇 달 후 이것이 다섯 마리의 새 불가사리가 된다고 합니다. 재생력이 도마뱀 꼬리에 비할 바가 아닙니다. 자본주의의 음성 문화가 꼭 불가사리를 닮아 있다는 생각이 드는 건 웬일인가요?

14. 검동유

심검을 품고서 어둠을 밀고 간다
검선 따라 풀려나는 마디마디 옹근 세월
별빛도 바람을 풀어 검동유와 노닌다

즈믄 해 밟고 오는 사무랑의 눈빛인가
햇살이 몸을 뒤채 칼 끝에 꽃이 피고
너와 나 꿈들을 엮어 검동유로 흐른다

물소리 바람 소리 청산을 앞에 두고
꽃인 양 돋아나는 아스라이 푸른 별
아침 해 먼동을 틔워 검동유가 빛난다

봄

• 목련 꽃봉오리가 보얗게 살이 오르고 있습니다. 목련은 꽃봉오리가 길쭉한 게 붓을 닮아서 '목필(木筆)'이라 한다지요. 이 속에 봄이 온통 들어 있습니다. 어서어서 목필로 글씨를 쓰고 그림을 그리면 봄이 금방 찾아올 텐데 말입니다.

• 한탄은 어둡고 감탄은 밝습니다. 감탄은 한탄보다 힘이 셉니다. 감탄이 많아야 행복하지요. 날마다 햇빛에 감탄하는 인생은 어떨까요? 그러고 보면 감탄은 날마다 먹는 보약입니다. 벗님이시여, 보약 먹고 힘내세요. 화이팅!

• 두 사람의 대화 장면입니다.
"사람이 하는 일에 불가능이란 게 있나요?"
"없지요. 어떻게든지 하면 다 됩니다."
하하, 한국형 나폴레옹이 탄생했군요. 신에게는 불가능이 있을지 몰라도 사람이 하는 일에는 불가능이란 게 없다는 그 말 속이 묘한 울림을 주더군요. 듣는 대로 풋, 하고 웃음이 터졌습니다. 한국 사회를 분탕질하는 대충주의 인간이 드디어 신을 넘어섰군요.

•<1.618 : 1>이라는 황금비. 남자와 여자의 무게 중심이 이러하다면, 그 집은 호박도 수박이 되는 잘 되는 집안이겠지요. 내 경우는 황금비에서 내가 노상 1에 해당합니다. 황금 비(골든 레인)를 정말로 맞았으면 좋겠다는 생각이 퍼뜩 드는군요. 아니 아니, 그건 너무 위험해서 아니 되겠네요. 꿈의 목록에서 이것은 지우겠습니다. 꽃비 내리는 늦은 봄날에 당신께 무료히 소식 전합니다.

여름

•덥습니다. 밤낮 없이 염제가 세상을 호령하는군요. "더워라, 더워라.", "끓어라, 끓어라." 부당한 명령을 거부하고 싶은데, 몸이 말을 듣지 않는군요. 염제의 명령대로 나는 온 하루 선풍기를 안고 뒹굽니다.

•주말에 비 소식이 있다하니 기다려볼 만한 기대가 생겼습니다. 8월 들어 찜통더위와 올림픽과 일상이 비빔밥처럼 뒤섞여 하루가 어떻게 지나가는지 모릅니다. 가끔 저는 도서관에 갑니다. 피서가 시원하고 알뜰합니다. 그대여, 안심천변을 지켜보는 나의 도서관에 여름이 가기 전에 꼭 한 번 찾아오세요.

• 빗줄기 사이로 번개 모임을 가졌습니다. 비는 주춤주춤 오락가락, 우리도 비를 피해 수련장을 연거푸 들락날락. 비에 쫓겨 움막으로 달아났다가 빗발이 약해지면 냉큼 꽃을대에 대나무를 재깍 심었지요. 자동 조절 기능 울트라 슈퍼파워 베기 수련. ㅋ 우리는 의지의 한국인들입니다. 남모르게 가슴 깊이 만세를 외쳐봅니다. 그러나 비가 줄곧 내리는 바람에 사진 한 장 남기지 못했습니다. 그래, 오늘 이 모임은 철저히 전설 속에 묻혀 버리고 말겠군요. 비에 젖은 이야기, 검동유 파스텔화의 탄생입니다.

• 지금은 마음이 주인인 시대입니다. 현 시대는 돈이나 지위로는 만족할 수 없는 수준에 도달했습니다. 잘 키운 마음 하나, 열 통장도 열 대통령도 안 부럽습니다. 마음을 내쳐 잘 닦으며 생의 주인으로 내내 살겠습니다.

가을

• 가을 햇빛 한 오리가 하늘에서 내려옵니다. 교정 단풍 나뭇가지에 살며시 발을 뻗치네요. 성장통을 앓는 아이처럼 더듬거리더니 햇발은 눈부심 속에 속절없이 사라집니다. 찬란한 빛의 세상이 하늘의 선물인 양 눈앞을 설렘으로 가득 채웁니다.

• 세상이 빗물에 세수를 막 끝내고 있습니다. 자연 미인의 말갛게 씻은 고운 얼굴을 곧 볼 수 있겠지요. 9월, 새 달력을 보며 호주머니에서 꿈 한 톨을 새로 꺼냅니다. 씨앗 하나를 깨쳐 푸른 숲을 울울창창 또 만들어 보렵니다.

• 비난 받는 걸 무조건 두려워할 일이 아닙니다. 소인배에게는 칭찬을 받기보다 비난을 받는 게 더 훌륭하고 괜찮은 삶이 아닐까요? 소인배에게 비난 받는 삶은 정의로운 인생임이 분명합니다.

• 서문 시장에 가서 뜨거운 수제비 한 그릇 훌훌 먹고 왔습니다. 2,500원어치 땀방울이 이마에 송알송알 맺힙니다. 아침에 눈 뜨고 열 시경부터 거실을 쇠 수세미로 박박 문질러 닦은 끝에 헌집을 새 집으로 만들어 놓고 왔습니다. 마나님이 청소 잘하면 새 등산 바지를 사 준다기에 기쁨에 들떠 열심히 청소하였더랬지요. 약속대로 되었습니다. 오늘 하루 잃은 것은 땀방울이요 얻은 것은 새 옷입니다. 소득이 그럭저럭 괜찮네요. 벗님들이시여, 막바지 더위에 가위눌리지 마세요. 땀을 더 쏟아내기 바랍니다. 상쾌함이 가슴속에 송알송알 맺힐 때까지.

• 내 곁의 사람을 진심으로 인정하고 존중하면 더불어 내가 성장하고 존중받게 될 테지요. 문제는 실천입니다. 기분 좋게 마음먹고 주야장천 여기에 한번 도전해 보겠습니다. 화이팅!

겨울

• 엄혹한 겨울에도 나이테는 새겨집니다. 그대와 나도 나무처럼 연륜의 바퀴를 굴려가고 있겠지요. 자전거 페달을 밟듯이 편안하게 앞으로 앞으로 나아갑시다. 나와 이웃, 모두가 웃을 때까지.

• 책 잘 받아 보았습니다. 갈피짬에 발행인님과 편집위원님의 은빛 땀방울이 보이더군요. 문장의 푸른 숲 속에서 오래 황홀했습니다. 꼭지마다 감동입니다. 특히 새글터 팔공산 수련기는 '산정무한'에 비견될 정도였지요. 나날이 발전하는 우리 문학지가 자랑스럽습니다. 늘 고맙습니다.

• 인생은 한도 끝도 없이 패자부활전을 계속할 수 있습니다. 참 다행입니다.

• 꿈이 있어야 꿈결 같은 인생이 가능합니다. 꿈꾼다고 다 성공하지는 않으며 또한 성공하지 않아도 행복하게 잘 살 수 있습니다. 그러나 꿈을 좇으며 시시때때 흔들리는 인생이 더 즐겁습니다. 환상이 아름답다고 여겨지는 한, 환상을 계속 즐기는 게 좋습니다. 만약에 그 환상이 고통으로 전이될 때는 즉시 꿈의 껍질을 깨고 현실로 돌아와야 할 것입니다. 때로 현실은 꿈보다 달콤하고 환상보다 아름답기 때문입니다.

• 새로운 도전 앞에 선 나는, 기쁘게도 다시 청춘입니다. 일상이 낡고 닳고 누추하다고 느껴질 때가 있습니다. 그때는 할 수 없지요. 몸을 훌쩍 솟구쳐 전혀 다른 세상으로 뛰어들면 됩니다. 도전하세요. 청춘은 도전과 열정의 동의어입니다. 새로운 도전 앞에 선 나는, 지금 청춘입니다.

• 일상은 평범하고 소소한 것들로 채워져 있습니다. 마치 우리 주변이 공기로 채워진 것처럼 말이죠. 꿈보다 해몽이라는 말 - 여기서 꿈은 다름 아닌 현실이며, 해몽은 현실에 대한 해석입니다. 깜냥의 해석과 실천이 곧 그 사람의 인생을 결정합니다. 지금보다 한 단계 높은 삶을 꿈꾸세요. 가능합니다. 구체적인 생활 속에서 날카로운 눈으로 새 의미를 찾아내세요. 평범한 것의 주관적인 의미화 작업이야말로 삶의 새

문화를 창조하는 비결입니다. 하하하, 현실은 펼쳐진 책이요, 인생은 그것에 대한 해석이지요. 사람에 따라 책은 같아도 해석이 많이 다를 수 있습니다.

15. 그 사람을 나는 모르네

그 사람이 누구인지
정말이지 난 알지 못하네
여우비처럼 헤살 짓는 얄미운
그 사람을 나는 종시 모르네
캄캄한 미래보다 더 낯설은
그 사람을 나는 모르네

눈감으면 떠오르고
눈뜨면 종작없이 사라지는
꿈 가루 분분한 사람
비 오면 비가 되고
눈이 오면 눈이 되는
그 사람을 나는 모르네

때 없이 찾아와

안개처럼 나를 감싸는

그 사람을 나는 모르네

마음 홀로 있을 제

날마다 궁굴려 보는

그 사람을

나는 모르네

나는 도무지 모르네

봄

• 볕은 따시고 바람은 차고, 행여 꽃이 필세라 경계하는 눈빛이 싸늘도 합니다. 내 가슴에 봄을 먼저 피워 올리면 그만, 꽃샘바람도 차마 일없을 테죠.

• 인생에서 시간은 바람입니다. 바람이 불지 않으면 전진도 후진도 할 수 없을 테죠. 모든 일에는 시간이 필요합니다. 가령 바람의 도움 없이 하루아침에 공부를 잘 할 수는 없지요. 이 바람은 미풍일 수도 있고 태풍일 수도 있습니다. 시간 속에 바람이 감춰져 있는 거죠. 까닭에 바람을 잘 타는 것이 중요합니다. 공부든 일이든 사람은 바람과 더불어 바람과 잘 노는 일이 가장 중요하다 할 수 있겠지요. 바람이여, 내 가슴에 부는 바람 고마운 바람이여! 신바람을 기다립니다.

• 본마누라님 집에 두고서 나는 영화 「후궁」을 보러 갔습니다. 짜릿했습니다.

• 직업과 행복지수 - 직업을 먹고 살기 위한 수단으로만 생각해서는 불행합니다. 직업이란 게 돈벌이 수단인 것만은 아닙니다. 직업은 사회와 관계를 맺어 자아를 실현하고

또 자기 방식으로 사회 발전에 이바지하는 수단이기도 하니까요.

여름

• 비가 오락가락 나도 오락가락. 시간은 시냇물처럼 흘러가고 만상은 물고기처럼 시간 속을 오르락내리락.

• 회색 아파트 살피에 숨 쉬고 있는 초록 숲을 봅니다. 도시 문명 속 회색의 물결을 힘겹게 밀어내는 그 모습이 애처로울 만큼 비장하군요. 도시에서 꽃과 나무는 어둠 속에서 밝음을 던지는 불빛 같습니다. 경성드뭇이 푸나무들이 있어 사람들이 생기를 받지요. 고맙고 고마울 따름입니다. 내게 꽃 같은 그대에게 새삼 안녕을 물어봅니다. 잘 지내시죠?

• 어제는 생애 처음으로 경주 수련장에 갔습니다. 첫걸음에 먼저 막걸리 한 사발을 시원하게 들이켰습니다. 신라 천년의 세월이 파전 한 접시에 담겨 나왔습니다. 한낮 더위 속에서 맹렬히 수련하였습니다. 강더위와 싸운 덕분인지 이날로 저는 검동유의 꿈나무로 간택 받았답니다. 그대여, 축하해 주세요.

• 학교에서는 즐거움을 더 많이 느끼는 공부를 해야 합니다. 많은 곳에서 여러 잔잔한 즐거움들을 만날 수 있게 학교가 다리를 놓아 주어야 합니다. 왜냐 하면 즐거움이야말로 삶의 열정을 그 자신의 메아리처럼 불러오니까요. 즐겁게 산다는 것은 곧 열정적으로 도전하면서 기쁘게 산다는 말과 동일한 것입니다. 모쪼록 학교는 지금보다 한결 더 즐거운 곳이 되어야 합니다.

가을

• 여름과 가을의 틈새에는 외로움이 있다고 하더군요. 그래서 그런지 쓸쓸함이 무시로 번져나는 요즈음입니다. 인생이 또 한 번 깊어져 갑니다.

• 지금 추운 사람은 춥습니다. 변화가 없는 한 계속 춥습니다. 그러나 새로운 조건을 만들면 춥지 않을 수 있습니다. 해결책은 무작정 기다리는 게 아니라 일떠서서 행동하는 것입니다. 행동은 몸의 뜨거움을 가져다줍니다. 행동은 자신이 살아있음을 온몸으로 느끼는 일입니다. 열심히 움직이면서 그때 우리는 생생하게 살아 있습니다. 짜릿한 서정이 함께합니다. 벗님들이시여, 도전합시다. 행동합시다.

• 가을 햇살이 바람과 뒹굴며 놀고 있군요. 나도 한 점 바람이 되어 게으름에 몸을 맡겨봅니다. 모처럼의 주말 휴식을 만끽하고 있습니다. 바람결에 당신께 안부 전합니다. 앉으나 서나 당신을 생각합니다. 잘 지내시죠?

• 미리 앞당겨서 고민하고 불안해하는 게 스트레스의 정체입니다. 막상 닥치면 어느 쪽으로든 갈 수 있습니다. 그 때 행동해도 늦지 않습니다.

• 비 갠 하늘이 더없이 맑습니다. 오늘 하루를 들국화의 미소로 채워 가시기 바랍니다.

겨울

• 오랜만에 상대 온천에 다녀왔습니다. 뜻밖에도 집에서 가깝더군요. 물이 좋아서 그런지 여태 얼굴이 빛납니다. 그나저나 이웃 나라의 지진 피해가 걱정입니다. 믿어지지 않는 대재앙에 놀란 가슴이 쉬 진정되지 않는군요.

• 물질이 충만해서 행복을 느낀다면, 그것은 동물의 세계입니다. 인간은 모름지기 마음의 조화에서 희열을 느끼고 아

름다움과 행복을 느낍니다. 마음의 만족이 있어야 인간입니다. 마음의 결을 잘 매만지기 바랍니다.

• 살다 보면 뾰족이 날 선 모순과 부딪히는 경우가 있습니다. 이럴 때는 피하지 말고 맞붙는 게 좋습니다. 선택지 중에서 더 작은 고통을 선택하는 게 답입니다. 모든 선택이 다 불행하다면, 그래도 덜 불행한 쪽을 택하는 게 행복에 가까울 것이니까요. 대한민국에서 투표 행위도 대부분은, 이렇게 하는 게 해결책입니다.

16. 달빛 사랑

사람들의 눈빛을 받아
밤하늘이 환하고

그대 해보얀 얼굴이
장미꽃처럼 붉어져

우러러 볼수록
차마
달님도 부끄러운 게지

봄

• 봄꽃 한 송이 내려놓고 떠납니다. 마음이 달떠서 오래 머물지 못하겠네요. 실속 없이 부산하기만 한 날들이 부릉부릉 꼬리를 물고 이어집니다.

• 삶의 황홀감은 살아 있다는 느낌을 자주, 소중히 간직함으로써 유지됩니다.

• 세상은 흑백이 아니라 총천연색입니다. 그래서 어두운 부분이 많은지도 모르겠지만, 흑백의 깨끗함은 깔끔하게 잘 베어진 대나무 단면과 같은 것이 아닐까요? 아이들의 동심을 사랑하듯 흑백의 순정함을 나는 사랑합니다.

• 몸조심하세요. 술은 살살. 담배는 뚝. 나이 들수록 운동도 살살. 약간이라도 무리할라치면 몸이 깜짝 놀랍디. 왼쪽 어깻죽지가 멍울져 날개를 펼칠 수가 없네요. 당분간 비상을 접고 길짐승으로 살아가겠습니다.

• 어미 메추리가 기절한 까닭을 아시나요? 어느 날 산중에서 포수를 만난 메추리가 '산중에서 제일 예쁜 새는 잡지 않

겠다.'는 약속을 받아냅니다. 그 후 다시 만난 포수가 제일 못생긴 놈들만 잡았다며, 새끼 메추리를 보여주자 그대로 기절하고 말았다는 이야기. 고슴도치도 제 새끼는 함함하다 했으니, 지금 젊은 부모의 과도한 자식 사랑을 탓하기가 어렵습니다. 그러나 분에 넘친 과잉 자식 사랑은 가정과 학교와 사회를 망치는 지름길임을 명심해야 하겠습니다.

여름

• 흔들림 없는 평정심으로 염제와 싸워 나갑시다. 저는 진검으로. 엽! 엽!

• 좋은 글을 읽으면, 그 속에서 맑은 바람과 시원한 계곡 물소리가 구슬구슬 쏟아져 나옵니다. 그래서 독서는 여름이면 더욱 좋습니다.

• 서울에 다녀왔습니다. 홍대와 명동 그리고 경복궁과 인사동, 남산타워와 해오름 극장, 마지막으로 63빌딩까지 - 서울 일대를 주마간산으로 훑어보았지요. 우리 가족 셋이서 경복궁 근처 한옥에서 하룻밤을 묵었습니다. 남은 여름 며칠

동안은 여행 후일담이 건네주는 즐거움과 몽롱함과 신기함으로 채워나가려 합니다.

• 어제 구미가 대회 열기로 후끈 달아올랐습니다. 오색 풍선이 사람들의 머리 위를 감돌며 축복처럼 떠있었더랬지요. 더구나 첫 만남의 좋은 기억을 일 년 내내 잘 간직하였다가 제게 선물처럼 되돌려주신 원칼 님의 그 마음씀씀이가 눈물나게 고맙습니다.

• 이 말을 명심하세요. 식물은 동물의 어머니입니다. 우리 인간은 동물입니다.

가을

• 아침저녁으로 바람이 꽤 서늘해졌네요. 정신이 맑고 몸이 가볍습니다. 주변이 조금씩 바뀌면서 세월이 흘러가나 봅니다. 주말이라 기분이 절로 유쾌합니다. 당신의 해맑은 눈웃음을 가까이서 보고 싶군요.

• 또 시간이 흘러갑니다. 정중동의 고요한 흐름. 인생은 수를 놓고 역사는 기록을 남깁니다. 시간은 모든 걸 낳고 기르

고 치유하고 지우고 품어줍니다. 나에게 주어진 이 하루의 뜨거운 시간들이 오늘은 왈칵 눈물로 다가옵니다. 행복에 겨운, 감격의 눈물입니다.

• 이번 달은 시조의 눈으로 살아볼까 합니다. 정형이면서 비정형인 자유로움으로. 구속이면서 또 탁 트인 즐거움으로. 시조 형식은 인생과 꼭 닮아 있습니다.

• 내면의 평화는 팽팽한 긴장 속에 출렁입니다. 텅 빔과 꽉 참이 수시로 갈마들면서 말이죠. 밖에서 보는 오리의 평온한 자태처럼. 그러나 물속에서는 열심히 갈퀴 발을 놀리고 있다는 사실. 누구나 다들 그렇게 살고 있습니다마는.

겨울

• 갑자기 북극의 얼음 추위가 찾아왔습니다. 모든 게 꽁꽁 얼어 버렸습니다. 차도 사람도 새도 신호등도. 얼음장 밑의 논물처럼 모든 게 움직임을 멈추어 버렸습니다. 체온 36.5도를 사수하라! 자칫 감기 들세라 바람 조심, 얼음 조심, 술 조심, 입 조심.

• 매화 꽃송이 같은 대나무 토막들이 수련장에 늘비하더군요. 한눈에도 베기 고수가 다녀갔음이 분명했습니다. 벗님들이시여, 수련의 잔해를 제가 갈큇발로 하나하나 치웠다는 걸 알아주시기 바랍니다.

• '닭이 먼저냐 달걀이 먼저냐'는 결론이 자명합니다. 닭이 먼저 있고나서 '닭의 알' 곧 달걀이 탄생합니다. 이것은 정자가 자연발생적으로 만들어지고 난 후에 인간이 출현한 것이 아닌 까닭과 같습니다.

• 현대는 물질의 시대가 아니라 마음의 시대입니다. 마음의 부자로 사는 게 진정 행복한 인생입니다. 주변에 좋은 사람이 많은 사람보다 마음의 부자가 달리 또 없습니다. 사람부자가 진짜 부자입니다. 이웃을 사랑하고 사랑하고 또 사랑하십시오.

17. 검은 밤

아침에 품었던 붉은 해
어디로 갔을까
해맑은 낮 지나가고
생명의 시간들
푸드득 활갯짓하며
눈부시게 지나가고
이제 밤이다
한낮의 소란스러움이
어둠 속에 길게 메아리치는
검은 밤이다

밤이다
어둠 속 깊이
밝음을 묻어두고
상처 난 삶의 속살을
어루만지고 달래보는

검은 밤이다
산도 나무도 사람도
폭도 높이도 없이
저마다 어둠으로
제 몸을 삼는 시간
황홀한 두려움에 떨며
검은 힘을 맞이하는 밤이다

깊고 깊은 밤이다
바리바리 어둑한 기운이
내려와 쌓이는
검은 밤이다
만물이 제 속으로
빛을 끌고 들어가는 밤
천지 가득한 빛살을
제 깜냥대로 옮겨가는
검은 밤이다
밤이다

몸 속 깊이
한 오리 빛을

옹글게 몰아넣고
생명 맑히는 꿈 한 송이
피워 올리는
검은 밤이다
아니 이르나 마나
제 혈맥 깊이 꿈틀거리는
원래의 빛줄기를 찾아가는
검은 밤이다

밤이다
밤은 밤이로되
검은 밤이면
정신은 제 스스로
한 오리 빛줄기 되어
초롱초롱
더 한결 밝아진다.
밤은 깊어간다

밤이다
검은 밤
달도 별도 없는 검은 밤

어둠 속에서 붉게 익어
절로 툭툭 터지는 꽃봉지처럼
회미한 옛 기억들 환하게
불 밝히며 다가서는 밤이다

검은 밤이다
밝거나 말거나
저마다 생명의 횃불을 들고
고요 속에 전진하는 밤이다
어여쁜 목숨붙이들이
어둠을 불사르며
바쁘게 움직이는
검은 밤이다

봄

• 봄 하늘을 마셔 보아요. 보약입니다.

• 오늘 따라 동해 푸른 바다가 보고 싶군요. 고르지 못한 일기에 고르지 못한 감정이 출렁입니다. 직장 생활의 애환이 속 깊이 파고듭니다. 그러고 보면 삶이란, 출렁출렁 파도치는 바다와 닮았습니다. 다만 매 하루 그 바다가 고해(苦海)가 되지 않기를 바랄 뿐.

• 내 마음도 내가 마음대로 사용하지 못 하는 게 마음의 이치입니다. 마음은 파동이며 거기에 결이 있지요. 결 따라 생겨나는 마음 길을 버릇이라 합니다. 우리가 외부 자극에 무조건적인 반응을 하게 되는 것은, 마음이 결을 따라 흘러가니까 그런 거죠. 이 마음의 버릇을 사람들은 '성격'이라 말합니다. '세 살 버릇 여든까지 간다.'는 말은 맞는 말입니다. 성격을 고치는 일은 여간 어렵지 않습니다. 왜냐하면 오랜 시간에 켜켜이 쌓이고 다져진 마음의 결을 바꾸어야 하니까요. 이것은 마치 지금껏 가던 길을 버리고 전혀 딴 길로 가야 하는 것과도 같습니다. 길 바꿈의 그 성가심이나 속상함이나 비애감이나 불편함을 스스로 감당하기가 쉽지 않은 까닭입니다.

• 억지가 아니고 자연스러움, 지나치지 않고 알맞음 - 이것이 낙천의 샘터가 아닐까 합니다.

• 할미꽃, 노루귀, 제비꽃이 반기는군요. 반 아이들과 함께 무리지어 산길을 오릅니다. 잦은 숨소리가 귓전을 파고듭니다. 산 가득히 생명의 푸른 기운이 용솟음칩니다. 봄 산이 아름답군요. 산 목련과 산수유 따위의 야생 나무들이 스스로 제 꽃을 보려고 바쁜 몸짓을 하네요. 아이들의 숨결과 산의 호흡이 하나가 됩니다. 사람과 자연이 하나가 됩니다. 아아, 여럿이 하는 등산도 그 나름의 재미와 감흥이 있음을 알았습니다.

여름

• 불볕더위가 다시 기승을 부립니다. 더위 금식. 그대는 더위 먹지 말고 딴 거 맛있는 것 드세요. 더위는 도무지 아무 맛이 없습니다. 어느 결에 가을이 코앞입니다. 알곡의 튼실함을 위해서 여름 햇빛이 마지막까지 좀 더 강렬하게 내리쬐도 좋을 듯합니다. 그래, 지금부터는 많이 더워도 참겠습니다. 농사가 잘 되기만 할 양이면.

• 기쁨이 많은 사람은 인생을 놀이로 살고, 슬픔이 많은 사람은 인생을 예술로 삽니다. 나는 놀이 반, 예술 반의 인생을 살고 싶군요. ㅋㅋ

• 날개가 돋으려는지 요즘 들어 어깻죽지가 근실거립니다. 여름도 가고 이제 우화등선을 할까 봐요. 당신과 함께라면 더욱 좋겠죠. 옅어진 여름 볕에 선남선녀의 꿈이 출렁거립니다.

• 인간과 자연의 교집합, 그 어름에 예술이 탄생하고 종교가 탄생합니다. 생각해보면 예술은 종교의 미적 표현이 아닐까 합니다. 예술 행위는 일정하게 자기 구원과 연결되며, 예술가에게 예술은 곧 그의 종교인 것입니다. 까닭에 문학인에게 문학은 그의 종교이며, 음악인에게 음악은 그의 종교이며, 치열한 미술인에게 미술은 종교 또는 종교 이상의 것이 아닐까요?

• 우리가 잃어버린 소중한 것들이 아이들에게 고스란히 남아 있습니다. 아이들을 어른의 아버지라고 하는 까닭을 알 것 같습니다. 아이는 미래이면서 또 아득한 과거이기도 하니까요.

가을

• 춥습니다. 너무 추워요. 날씨가 우리를 냉대하는지 우리가 날씨를 냉대하는지 여하튼 서릿발 같은 가을 기운이 옹찬 요즈막입니다. 어제는 모처럼 야외수련장에 갔더니 잡풀이 무성하게 뻗어 나와 상추밭을 점령하였더군요. 몇 포기 상추들이 애잔하게 가쁜 숨을 할딱이데요. 마음이 적이 아팠습니다. 그런데 진검 베기와 생명 사랑이라니요? 생각할수록 삶의 비의가 묘한 울림으로 번져납니다. 활인검이 있다는데, 생명 철학으로 무장하고 열심히 수련하는 우리 벗님들의 삶이 바로 활인검이 아닐까요?

• 맨발로 흙길을 한번 밟아 보고 싶은데, 차가운 시멘트 바닥을 떠날 겨를이 없군요. 일상에 매인 몸이나, 마음만은 노상 푸르게 푸르게 가꾸렵니다.

• 희극의 주인공은 처음부터 끝까지 자기를 분명히 인식하고 있지만, 비극의 주인공은 몰락 일보 직전에 가서야 자기를 알아채게 됩니다. 나를 바로 봅시다. - 이것이 즐거운 인생의 출발점입니다.

• 수련장 한쪽에 상추가 또 파릇파릇 돋아났습니다. 퇴근 후 때깔 좋고 연한 걸로 조금 뜯어갔더니, 집에서 맛있다고 난리가 났습니다. 나보고 매일 뜯어 오래요. 에고고, 공연히 큰일을 만들었습니다. 후회막급.

겨울

• 어린 시절 밥 짓는 연기처럼 따습고 정겨운 게 있을까요? 도시에서도 고향의 정취가 모락모락 피어나는 설 연휴 첫날입니다. 당신께 세배 드립니다. 받으옵소서.

• 초월은 넘어서는 것입니다. 초월은 벗어나고 극복하고 이겨낸다는 뜻에 머물지 않고, 받아들인다는 뜻을 포함하고 있습니다. 수용한다는 것이죠. 바람을 받아들이는 갈대밭처럼 초월은 흔들리면서 경계 없이 하나가 되는 것입니다. 넉넉한 마음 바탕으로 이것과 저것의 경계선을 지우고 한 품에 안는 일입니다.

• 안 졸리나 졸리나는 미국 헐리우드 여배우 이름이 맞습니까? 아 헷갈려. 공연히 나도 졸립니다.

• 이번 주말은 돌잔치에 결혼식에, 또 잡다한 여러 가지로 적잖이 바빴습니다. 그러나 좋은 사람들을 연이어 만나서 기분이 한껏 좋아졌습니다. 사람은 결국 사람한테서 가장 좋은 기운을 얻지 않나, 생각해 봅니다.

III.

먼 것은
별이 되어

18. 검신이 되고픈 사내 이야기

심검(心劍)을 뽑아
어둠을 겨냥하라

찾아온 그 한 순간
쏟아지던 빛의 광휘

일도양단(一刀兩斷)

매화꽃이 부시게
날아오른다

검신이 되고픈 사내
한 자루 검으로 남은 전설

수리매처럼
번뜩이며

검광(劍光)이 피어난다

아득한 물소리
흩어지는 별빛

바람이 가만
숨을 고른다

봄

• 비 끝에 봄꽃이 기지개를 켭니다. 길에 나서면 봄 내음이 살포시 번져옵니다. 아아 고마운 일입니다. 이 바람은 그대가 내게 보내신 삶의 향기가 아니던가요?

• 어제는 바람 쐬러 먼 길을 나섰습니다. 세 가족이 상림 숲으로 씽하니 갔습니다. 물소리를 데리고 걷는 산책길이 굽이굽이 감미롭기까지 하더군요. 자잘한 생활의 속 때와 티끌을 향기로운 숲 바람에 풀어놓았습니다. 세 집 모두 더욱 정겨운 모자가 되어 돌아왔으나, 손에 들고 다니던 제 모자를 그만 잃어버리고 말았습니다. 에고공, 아깝지만 그러나 후회는 없습니다. 왜냐하면 우리 집의 모자(母子)도 한결 정분이 돋아난 듯 사뭇 다정하여, 돌아오는 내내 운전석에서 지켜보는 내 기분이 흐뭇했으니까요.

• 내일이 어린이날입니다. 설레는 맘이 동심이고 즐거운 기분이 동심 아닌가요? 동심 속에서 꿈꾸듯이 일생을 살고 싶습니다만, 세월이 무심하여 어른이 된 지도 한참을 지났습니다. 어른다운 어른이 되려고 노력하는 일만이 이제 내게 남은 듯합니다. 이것이야말로 나의 최후의 동심이 아닐까요?

• 날씨가 싱그럽기 그지없군요. 오늘은 햇빛과 바람만으로 충분합니다. 이대로 좋이 행복합니다.

• 지난 사흘을 컴퓨터 없는 곳에서 자연을 벗 삼아 음풍농월을 즐기다가 왔습니다. 지리산의 저녁놀과 달빛이 자신의 민얼굴을 꾸밈없이 보여주더군요. 들여다보면 자연은 언제나 푸근하고 순수합니다. 나도 그대에게 늘 자연으로, 자연 같은 존재로 비춰지면 좋겠습니다.

여름

• 장맛비에 잠시 숨죽이던 불더위가 다시 기세 좋게 일떠서네요. 지금 정오 즈음에 매미 소리 요란한데, 방학 맞은 아이는 여태 이부자리에 널브러져 있습니다. 키 크려고 저러는가 하여 그냥 내버려둡니다. 들려오는 매미 소리가 아이에게는 자장가일 테죠.

• 햇빛은 긍정의 마음 밭입니다. 긍정의 마음이 빛입니다. 벗님이시여, 긍정의 문을 활짝 열고 날마다 자체 발광하소서!

• 좋은 사람이 되기 위해 노력하십시오. 나 자신이 먼저 좋은 사람이 되는 일이 가장 중요합니다. 좋은 사람이 되고 보면, 저절로 좋은 남편이 되고 좋은 부모가 되고 좋은 직장 동료가 되고 좋은 친구가 되고 좋은 국민이 됩니다. 왜냐고요? 우리의 정체성은 궁극적으로 사람이니까요.

• 긴 하루 짧은 여유. 이 속에 내가 온통 들어 있습니다. 토끼 꼬리 같은 짤막한 여유 - 내가 날마다 즐겨 먹는 보약입니다.

• 우리 가끔은 닭이 되어 살아봐요. 재미있겠지요? 주변을 푸근히 닭의 눈으로 살펴보면 참신한 아이디어가 턱하니 발명될 수 있습니다. 달걀은 품은 지 세 이레 만에 병아리가 된다는데, 우리도 '생각 달걀'을 품고 삼칠일을 잘 보낸다면 멋진 발명품을 탄생시킬 수 있을 테지요. 만유인력을 발견한 뉴턴의 사과는, 뉴턴이 내처 품은 '생각 달걀'에서 태어난 병아리라고 아니할 수 없습니다. 관심과 열정이 '생각 달걀'을 낳습니다. 지금 나의 '생각 달걀'은 무엇일까요? 어디에 있을까요?

가을

• 가을입니다. 혼자 있는 깊이와 즐거움을 만끽하세요. 고독의 절대 기쁨을 찾으세요. 수런대는 가을빛이 내면의 화사함을 도와 줄 것입니다.

• 사람에게는 사랑의 감정이 있는 까닭에 마음이 풍요롭고 인생이 아름다운 것입니다. 사랑을 잃으면 모든 걸 잃습니다. 바쁘고 바쁘더라도 주의 또 주의, 사랑 분실에 주의하세요.

• 평화와 안녕도 이 정도면 됐지 싶습니다. 바람 한 점에도 누추한 삶이 적이 위로를 받습니다. 누군가에게 자연과 같은 존재가 될 수 있다면 그보다 더 좋은 일은 없겠지요. 아침나절에 재활용 쓰레기 분리를 하면서 문득 햇빛이 너무 아름답다는 생각이 들었습니다. 날마다 햇빛을 보며 살 수 있어서 다행이고, 생애가 저물도록 이것으로 충분히 행복할 것 같습니다.

• 어제가 없었다면 오늘이 이처럼 새로울 수 있으려나요? 어제를 사랑합니다. 어제처럼 한 발짝 떨어져 있는 그대를 나는 늘 그리워합니다.

겨울

• 창밖으로 햇살이 들이칩니다. 눈앞에서 환하게 부서지는 겨울 햇살이 정녕 아름답군요. 마치 오래 뜻을 같이한 벗님네처럼 푸근하고 다사롭습니다. 구저분한 마음의 때를 깨끗이 씻어 보송하게 헹궈 줄 듯, 해무늬가 유리창 너머 냇물처럼 출렁입니다. 그대여, 나랑 손잡고 살얼음 수런대는 겨울 들판을 가요. 햇살 가득 품고서 우리 둘이서 씩씩하게 가로질러 갑시다.

• 사회 복지사에 맞추어 동물 복지사라는 신종 직업이 있으면 좋겠습니다. 순전히 돈과 욕심 때문에 닭과 소와 돼지를 우리 인간들이 너무 함부로 사육하고 도살하고 뜯어먹고 있으매.

• 삶의 지침이 딱딱해서는 안 되죠. '하면 된다.' 좌우명으로 뭐 이런 건 절대 사양합니다. 말랑말랑하고 촉촉하고 부드러운 걸 준비하는 게 좋습니다. 탄력 넘치는 삶을 위해서 또는 언제든 쉽게 바꿀 수 있게 말입니다. 삶의 차원이 달라지면 삶의 목표와 방식이 달라지는 까닭입니다.
　나의 좌우명은 '불편하게 살자'입니다. 늘 긴장하며 새롭게 도전하며 살겠다는 뜻을 담았습니다.

• 일상의 반복이 가져다주는 '안정감과 편안함'에다가 약간의 변화가 가져다주는 '경이감과 신비성' - 이 둘이 잘 조화 된다면 행복한 생활이 절로 보장되겠죠?

• 내일은 대밭으로, 오늘은 글밭에서. 산 구경, 사람 구경, 책 구경, 글 구경, 법구경……ㅋ

19. 아내 덕분에

나는 얼마나 치사한 인간인가
집에서 하는 일이라고는
살림 조금 거들고 나머지는 돈타령이다
마누라한테 돈 몇 푼 알겨먹으려
하는 일마다 돈으로 옭아맨다
반은 장난삼아 재미 삼아
반은 심각한 용돈 가뭄에
저질러보는데, 참말로 돈푼깨나
들어오는 때가 간혹 있다
그럴 때의 재미와 기쁨이란······.

저녁 설거지 한 번 해주고
나는 돈도 없고 뭐도 없고
어쩌고저쩌고 하면 낯붉힌
아내한테서 더러는 돈이 쏙 나온다
또 슈퍼에 심부름 갈 일이 있으면

거스름돈은 대개 내가 잘라먹는다
밤에 일없이 그냥 잔대도
여자가 센스가 없으면
섹스라도 있어야지, 톡 쏜다
때 없이 집사람 가슴에
먹구름 잔뜩 피워 올리는
나란 인간은 얼마나 한심한 남편인가

집에서 몸 한번 굴릴 때마다
돈, 돈, 돈, 돈타령이다
그럴 때마다 도끼눈 허옇게 뜨고
좀팽이 어쩌며 궁시렁대면서도
곧잘 돈을 한 푼씩 쥐어주는
마누라가 고맙고 사랑스럽다
그러고 보면 지금 이런 말조차
궁상맞게 늘어놓고 있는 나란 인간은
얼마나 유치하고 좀상스러운가
생각하면 아내의 내조가 크다
집사람 덕분에 비뚜로 가지 않고
세상살이란 게 제 잘난 맛으로만
사는 게 아니라 이쪽저쪽

균형 맞추어 가며
살아가는 노릇이란 걸 진작
알아버렸으니 말이다

뜬구름 잡는 일에
가끔 매달리는 나에게
가다가 가시 박힌 말로
현실을 아프게 일깨워주는
아내 덕분에 나는 행복하다
생활의 모든 영역에서
누구보다 열정적으로
수고로이 몸을 놀리는 아내가 있다
그 여자와 함께 사는 나란 인간은
얼마나 행복한 남자인가

흔들리는 즐거움

털펑이 같은 아내 만나
탈랑탈랑 한 구석이 빈 듯이
여기저기 나사 빠진 일들
내가 채워야 하는 일들을
곧잘 만들어내는 여자와
한 집에서 살아가기란 얼마나 유쾌한가
아내는 여자보다 아름답다는
말은 실제보다 더 실제적이다
아내를 겪으며 여자를 알게 되지만
모든 여자한테서 아내를
만날 수는 없으니까 말이다
생각해보면 나에게 아내는
오직 하나뿐인 여자이다

봄

• 봄은 가슴에 먼저 옵니다. 제 맘결을 따스하고 부드럽게 여밉시다.

• 열린 리더십을 갖지 못한 지도자는 열등감을 갖고 있는데, 자신이 혹시라도 얕보일까봐 그는 얼굴 표정이 항상 굳어 있습니다. 다른 게 아니라 자신감의 결여가 그를 권위주의적인 인물로 만들어 가는 것입니다. 그는 잘 웃지 않습니다. 오래 전에 그의 모든 것은 이미 화석이 되어버렸으니까요.

• 국경 없이 모든 게 열려진, 경제 전쟁의 시대입니다. 지구별에서 약육강식의 서바이벌 게임이 잔혹하게 펼쳐지고 있습니다. 오늘에는 몸 건강하게 사는 게 행복한 삶입니다. 마음 건강하게 사는 게 절대 행복입니다. 몸 튼튼 마음 튼튼. 천상천하 건강이 제일입니다. 그대여, 건강 또 건강하소서.

• 스마트 폰 - 두근두근 새 세상이 열렸군요. 첫 마음 그대로 재미나게, 스마트하게 살아요. 응원합니다. 화이팅!

• 선물이나 은혜는 준 즉시 잊어버려야 합니다. 마음에 담아 두면 불편해져요. 고마움을 잊은 상대를 자칫 원망할 수 있기 때문입니다.

여름

• 덥습니다. 너무 더워서 선풍기를 틀면 1분 후에 선풍기가 화염 방사기로 변신합니다. 팔랑개비에서 바람이 아니라 숫제 화염이 뿜어져 나옵니다. 왜 겨울은 장군(동장군)이라 하고, 여름은 황제(염제)라고 하는지 그 까닭을 알겠습니다. 더위가 더 세고 무섭다는 거죠.

• 기회는 위기 속에서 찾아야 진정 값어치가 있습니다. 성공 가능성도 훨씬 높습니다. 이때는 경쟁자도 적을뿐더러 가능성이 단 1%라도 그것이 곧 기회가 되기 때문입니다.

• 그물눈을 하나하나 셀 수 있을 만큼의 성실함에 또 그물눈을 통과하는 바람 같은 대범함을 동시에 갖출 수 있다면 얼마나 좋을까요?

• '주변 문화의 경직화 현상'이라는 게 있습니다. 삼류국

이 선진국을 따라하고 촌아이들이 유행에 더 민감하게 반응함을 설명하는 개념입니다. 주변국이 강대국을 무조건 숭배하고 모방하는 것을 학문적으로 정리한 것 중 하나이기도 합니다. 문제는 새 문화를 창의적으로 수용하는 게 아니라 곧이곧대로 무조건 따라하는 것입니다. 현대 한국 사회에 만연한, 정치와 종교와 교육과 사회 문화의 '융통성 없음'과 '고집불통 막무가내 현상'이 모두 여기에 해당되지요.

가을

• 잎새들이 시나브로 제 빛을 찾아갑니다. 알록달록 낙엽색은 제 본래의 색깔인데, 초록 엽록소가 그동안 감추고 있었다 하네요. 나도 이 가을에 엽록소를 벗고 나의 참모습을 만나볼까 합니다. '나는 누구일까요?' 나도 내가 참 궁금합니다.

• 진시황이 49세에 졸하였습니다. 나이 50을 넘기지 못했으니, 그는 아마도 지천명(知天命)을 몰랐을 것입니다. 애타게 장수를 바랐지만, 죽은 후에야 그는 비로소 불로장생이 되었습니다.

• 요 며칠 비가 오지 않으면 좋으련만 일기예보가 미리 귀띔을 하니, 공연히 조바심이 납니다. 천기누설 세상이 꼭 좋은 것만은 아니군요. 모르고 살면 불편하긴 해도 기다림이 있어서 더 행복할 테니까요. 비가 오더라도 행사는 예정대로 치를 것입니다. 응원해 주세요.

• 미국에서는 출산 직후 산모에게 시원한 오렌지 주스나 팥빙수를 준다고 합니다. 땀을 많이 흘렸으니까 그렇다고 합니다. 합리적이기는 해도 우리와는 너무 다르군요. 한국에서는 뜨거운 미역국을 먹는데 말이죠. 이런 식으로 나라마다 고유한, 자기 결정적인 문화의 결이 있습니다. 원래 지닌 문화의 결을 거스르고 뒤집는 게 문화 혁명입니다. 근대 이후 우리나라는 해마다 날마다 문화 혁명을 겪고 있는 중이지요. 까닭에 고유의 우리 문화를 지금은 불행하게도 우리 자신이 너무 모릅니다.

겨울

• 지금 벌써 새 꽃이 탐스럽게 365송이 피었습니다. 2015년에도 건강하고 아름다운 날들을 뽐내기 바랍니다. 당신 곁에는 항상 내가 있을 테니까요. 힘내세요. 화이팅.

•행운이라는 묘수를 두려고 일상이라는 평범한 수를 놓쳐서는 안 됩니다. 절대 주의. 평범한 일상이 행복입니다.

•일은 재미있게 하는 게 좋습니다. 궁리하고 연구하고 아롱다롱 채색하고 뜯어 고치고, 이러는 중에 재미가 생겨납니다. 재미지게 하는 일은 무엇이라도 즐겁고 창의적입니다.

•사회는 협력의 장소입니다. 개인은 자신이 가장 잘 하는 분야에서 사회에 이바지하는 것이 바람직하겠지요. 가장 잘 하는 것으로 구성원이 도움을 주고받을 때, 그 사회는 따스하고 명랑한 생활공동체가 될 것입니다. 고요히 생각해 봅니다. 내가 지금 가장 잘 하고, 가장 잘 할 수 있는 것은 무엇일까 하고 말입니다.

20. 파도

바다는 스스로를 뒤집는다
바다는 파도를 일구어
제 몸을 스스로 갈아엎는다

혁명을 꿈꾸는 자여
바다에 가 보아라
쉴 새 없이 젊어지는 바다
물마루 타고 오는 거친 꿈들을 보아라

바다는 파도와 함께
혁명을 노래한다
한 바다 뒤집히고 새 바다 열리는
우우웅 - 밑바닥부터 뒤집개질하는

파도는 바다의 힘찬 혈맥이다
가물지 않는 바다의 샘터

묵은 바다와 새 바다가 만나는
끝없는 물보라를 보아라
푸른 힘들이 겹겹이
포개지는
청춘의 나이테
파도는 격렬한 사랑이다
출렁이며 새 날을 꿈꾸는

아아 파도여 젊은 힘이여
철썩이는 꿈들이여

봄

• 지금 밖을 내다보세요. 대지가 입을 벌려 생명수를 받아 마시고 있습니다. 아름답고 장엄합니다. 오랜만에 비님이 오시니, 천지가 발랄하고 새 기운이 솟구치네요. 내 몸에도 피 돌기가 새삼 맑아지고 기운찹니다.

• 연휴 끝에 첫 출근. 새롭고 복잡하고 몽롱합니다. 토요일 매호천변에서 있었던 진검 베기 수련이 기억 속에 생생하네요. 과수원 앞에서 삼겹살 구워 먹으며 늦봄의 한나절을 즐겁게 보냈습니다. 그래도 아쉬움이 있습니다. 당신도 함께 하면 정말 좋을 텐데 말입니다.

• 책에서 발견했는데, 슈바이처 박사가 흑인 대하는 방식이 논어의 가르침과 비슷해서 깜짝 놀랐습니다. 소인은 너무 멀리해도 안 되고 너무 가까이해도 안 된다는 공자님의 말씀을 공부한 적 없어도 그는 아프리카 흑인을 딱 그렇게 대하더군요. 너무 멀리하면 원망하고 너무 가까이 하면 버릇이 없어진다고 묘파한 중용의 도. 사실은 이걸 실천하기가 결코 만만치 않습니다. 슈바이처는 이 점에서도 능히 밀림의 성자라고 할 만합니다.

• 요즘은 하루에 춘하추동이 다 들어 있습니다. 순서는 아침부터 쳐서 '갈~봄 여름 겨울'이지요. 밤에는 춥습니다.

여름

• 바람 한 줄기가 유난하게 시원할 때가 있습니다. 그대여, 그 때 그 바람은 나라고 생각하세요. 바람의 향기는 나의 마음입니다. 나는 언제나 당신 곁에 있습니다.

• 승리했다면 겸손해 하고 졌다면 휴식을 취하십시오. 승패보다는 결과 이후의 태도가 더 중요합니다. 왜냐 하면 승패의 순간은 찰나이고, 그 후의 인생은 매우 길기 때문입니다.

• 이걸 좀 보세요. 고려 시대 이규보 선생의 생애 마지막 벼슬 이름입니다.

金紫光祿大夫守大保門下侍郞平章事修文殿大學士監修國史判禮部事翰林院事太子大保

(금자광록대부수대보문하시랑평장사수문전대학사감수국사판례부사한림원사태자대보)

• 사람들은 사랑을 주고받는 관계로 사회와 소통합니다. 소외는 이 관계가 생략된 상태를 말하지요. 만약 지금 외로움을 느낀다면 사랑의 통로가 막힌 것입니다. 열심히 더 열심히 주변에다가 사랑의 햇살을 퍼뜨리세요.

가을

• 시월이 다시 우리를 찾아왔습니다. 그녀의 서늘한 눈매가 여전히 매력적이네요.

• 다시 돌아가고픈 어린 시절 그때를 생각하면 가슴이 잠깐 먹먹해지고, 내성천 잔잔한 물결 같은 것이 기쁨인지 슬픔인지 쉴 새 없이 밀려오고 밀려가고…… 지나가버린 것은 눈물겹도록 다 아름답습니다.

• 사랑은 주고받는 것입니다. 주기 때문에 받을 수 있고 받으면 또 주는, 그런 사랑. 그러나 실은 '기브 엔드 테이크'는 미성숙의 사랑이며, 유아기의 사랑이며, 불친절한 사랑입니다. 어른과 아이는 사랑을 대하는 방식에서 차이가 나지요. 나이가 어리더라도 사랑을 줄 줄 안다면 능히 어른이라 할 만합니다. 반면에 나이가 많더라도 사랑을 베풀 줄 모른다

면 그는 엄격히 말해 어른이 아닙니다. 사랑의 본질은 주는 것입니다. 주는 것이 사랑입니다. 어른은 사랑을 주는 자입니다.

• 11월은 모양새가 마치 잎새를 다 떨쳐버린 앙상한 나뭇가지 같습니다. 우리도 곧 겨울 채비를 해야겠군요.

• 사람은 둘이 있어도 홀로 외로운 사람이 있고, 혼자 있어도 스스로 구속되는 사람이 있습니다. 나는 당신을 묶었으나 당신은 나를 풀어주었습니다. 그러나 나는 사랑 없는 자유를 사랑하고 싶지 않습니다. 그대여, 내 곁에 언제까지나 있어주세요.

겨울

• 새해 첫날입니다. 새 날빛을 받으며 첫걸음으로 산에 올랐습니다. 서설인 양 눈이 살포시 내리더군요. 세 시간 남짓 뫼 오름 중에 눈 오고 바람 불고 해 나고 구름 들고, 일 년치 변화를 산중에서 미리 겪었습니다. 게다가 오늘은 내 생일이라 더욱 뜻 깊은 산행이 되었답니다. 나의 첫 발걸음이 진정으로 새해 새 출발이 된 셈이지요. 새해 첫날입니다. 날은

흐려도 가슴에 새 태양을 품고 힘차게 달려가겠습니다. 화이팅!

• 마음은 에너지의 파동이라서 주위에 그대로 영향을 미치고야 맙니다. 마치 바람이 모든 것을 움직이며 흔드는 것처럼. 벗님들이시여, 긍정의 마음을 늘 챙기소서.

• 잠깐 두들겨대는 폭우에 땅과 하늘이 깨끔하게 씻겼습니다. 기다리던 비 끝이고 또 좋아하는 사람들을 만나고보니, 지금 내 가슴은 무지개가 뜬 것처럼 가뿐하군요. 게다가 맛있는 저녁 식사가 지금 우리를 기다리고 있습니다. 행복합니다. 함께 가요. 아자 삼겹살 먹으러 출동~!

• 영화를 한 편 보았지요. 빠른 내용 전개가 정신을 홀렸습니다. 시종일관 공격과 방어의 팽팽한 긴장감에 화면이 찢어질 듯 출렁거렸습니다. 영화 끝에 다다라, 지금 나의 최종 병기는 무엇일까, 한참을 생각해 보았습니다.

21. 선녀가 찾아온 그날 밤은
푸른 안개에 휩싸였다

한길이든가 공원이든가
실루엣 설핏한데
그대는 안 보이고 안개만 푸르렀다

이리저리 찾는 서슬
안개는 여전히 흐르고
그대는 안 뵈고
나무 둥치 아래
오렌지색 날개옷이
바람에 흐늑이고 있었다

그대가 남기고 간 두 아이
큰 애는 엄마 찾아 떠나고
홀로 활갯짓하며
자지러지게 우는 젖먹이

푸른 어둠 속에서
둘이는
안개 속 바위 끝에 올랐다
내려올 줄 모르는 채

버둥거리며 다시 내려온
안개 자오록한 땅
너털너털
얼음 신을 신고
아득히 돌비알을 넘어가는 사람들

동트는 새벽
푸른 안개와 함께
나는 다시 그대를 찾아 나선다
어슴푸레한 실루엣
따스한 그대 미소가
다향처럼 번져나는 길을

봄

• 꽃은 언제나 필 동 말 동, 모든 게 나한테 달렸지요. 나는 언제고 꽃봉오리인 것을.

• 실험에 쓰는 쥐는 수컷일까요 암컷일까요? 답은 수컷입니다. 수컷은 생리학적으로 단순합니다. 자극에 대한 반응 효과가 매우 빠르죠. 까닭에 동물 실험에서 특수한 경우 외에 암컷 쥐는 잘 사용하지 않습니다. 세상을 살아보면 남자들이 많이 어리석지, 여자들은 실험 대상으로 선정될 만큼 결코 어리석지 않습니다. 대개 남자는 몽상적이고 여자는 현실적입니다.

• 일요일입니다. 하늘도 쉬고 싶은지 아무 움직임이 없습니다.

• 산에 올라가서 묵혀둔 헌 마음을 버렸습니다. 솔내 향긋한 생기를 얻고서 산을 내려왔더랬지요. 오는 길에 산새를 만났습니다. 그는 연신 비빗중비비빗, 산이 좋다고 말하더군요. 나도 산을 좋아한다고 사부자기 화답해 주었습니다. 종종 오겠노라는 끝인사를 전하고 나니, 기스락에는 어느 새

어둠의 물결이 반짝거리고 있더군요. 새달의 첫날, 새 출발을 스스로에게 다짐해본 고독하고 아름다운 하루였습니다.

여름

• 세상이 온통 더위 찜통에 풍덩 빠졌습니다. 물보라 부서지는 시원한 계곡물이 못내 그립군요. 캔 맥주에 통닭, 과자, 초콜릿, 수박 - 챙겨서 꿈에라도 함께 가요.

• 사람은 레일 위로만 달리는 기차가 아닙니다. 자전거가 가지 못하는 길을 사람은 갈 수 있지요. 밥만 먹고 살 수 없는 것처럼 사람은 누구나 자유를 꿈꿉니다. 가끔 짝이나 배우자에게 다른 곳에서 숨 쉴 기회를 제발 허용해주세요. 오래 숙성되는 참다운 사랑의 길이 거기 열려 있습니다.

• 달걀 하나는 하나의 세포입니다. 그래서 나온 말, "계란이나 달걀이나."

• 해일에 휩쓸려도 그 너머 육지를 상상하는 게 일류 인생이라는데, 나는 왜 덮쳐오는 시퍼런 칼날만 보일까요? 시시풍덩한 일상의 바다에 한참을 빠졌습니다. 거친 파도가 눈앞

을 가립니다. 즐거운 순간은 시조처럼 짧으나 짧고 고민하고 걱정하는 장면은 장편소설처럼 길고 또 깁니다. 요즘은 하루 일상이 벅차군요. 일이 많고 많고, 바쁘고 또 바쁩니다. 현 시대에 이것이 나에게만 유난한 것은 아니겠지요? 천하제일 문(文), 천하제일 검(劍)의 꿈을 가슴에 새겨봅니다. 저 멀리 숲속 녹음이 아른거리며 다가오는군요.

가을

• 가을 속에 한번 풍덩 빠져들고 싶었는데, 올해도 변죽만 더듬다가 그만둘 모양입니다. 가로수 단풍 그림으로 만족하려니 많이 아쉽군요. 좋은 일이 없을까요? 저번에 부친 산행 약속에 당신의 답장을 기다립니다. 나는 속절없이 이렇게 가을과 또 이별하고 있습니다.

• 나무이파리들이 만세를 부릅니다. 비가 오고 있습니다. 이 비가 그치면 한층 성숙해진 가을과 숨결을 나누는 뽀뽀를 할 수 있겠지요.

• 신념이 너무 강하면 움직이기가 힘이 들지요. 마치 갑옷 입은 병사처럼 몸이 둔해집니다. 가볍게 살고 단순하게 사는

게 좋습니다. 왜냐 하면 한 사람의 정신세계는 일생을 두고 부단히 자리 이동을 하고 스스로 모양을 바꾸어가는 까닭입니다.

• 사람은 본능만으로 살 수 있는 존재가 아닙니다. 유전자 그대로는 살 수가 없지요. 따라서 항상 남모르게 노력해야 살 수 있습니다. 사회 속에서 그가 황조롱이로 살아갈지, 민들레로 살아갈지, 너구리로 살아갈지는 아무도 모릅니다. 그러나 자연 생태계의 그물망은 인간 사회에도 예외 없이 적용됩니다. 다만 인간 사회는 동물 세계를 벗어나려고 끊임없이 노력하는 것이 다를 뿐이지요. 이 집단적 노력을 사람들은 '문화'라는 이름으로 부릅니다. 사람의 일생이란 결국, 고유의 자기 문화를 창조하고 이를 꽃피우고 가꾸어가는 게 아닐까요?

겨울

• 겨울비가 내립니다. 아무도 찾지 않는 고요한 사찰 같은 곳, 지금 내가 꼭 이렇군요.

• 가만히 있는 게 몸을 함부로 움직이는 것보다 더 힘듭니

다. 하는 일 없이 가만히 몸과 마음을 놓아두는 연습을 많이 하려 합니다. 아무 것도 안 하는 즐거움과 바쁘게 움직이는 즐거움이 같은 무게로 다가올 때까지.

• 어제는 즐거웠고 오늘은 행복하고 내일은 기다림이 있는 삶 - 좌우명으로 삼을 만합니다.

• 양질전화의 법칙이라는 게 있습니다. 무엇이나 일정한 양에 도달하면 새로운 질적 단계로 도약한다는 뜻입니다. 마치 물이 비등점에 도달하여 끓어오르는 것과 같이, 작은 일에 소홀히 말고 정성을 다하는 게 중요합니다. 행동이 반복되어 개인 습관이 되는 것도 이런 경우에 해당하지요. 행동하고 도전하십시오. 어느 순간 삶의 도약이 느닷없이 시작될 것입니다.

22. 지혜라는 악기로 삶을 연주하라

지식이 지구라면 지혜는 우주이다
지식 천억 개가 모여 지혜 하나가 될까 말까다

그래도 지식이라는 깃털을 모으면
지혜라는 날개가 생길 수도 있다
공부는 일단 열심히 하는 게 좋다

지식은 누구나 먹을 수 있는 열매이지만
지혜는 스스로 심어서 키워야 하는 나무이다
좋은 요리는 시간이 오래 걸린다

지식은 머리로 기억하지만
지혜는 몸으로 기억한다
자전거를 타는 하루는 몸의 역사다

지식은 즉석식품이고

지혜는 발효 식품이다
오래 곰삭아야 몸에 좋다

지식은 순간적인 오로라이고
지혜는 늘 뜨거운 태양이다

지식이 미국 쇠고기라면
지혜는 한우 꽃등심이다.
누구나 먹지만 또 아무나 못 먹는다

지식은 남의 것을 훔치는 것이고
지혜는 스스로 터득하는 것이다
그러나 도둑질 끝에 가끔 부자가 되기도 한다

꽃은 언제나 필 동 말 동
오호라 지혜라는 악기로 삶을 연주하라

봄

• 오월입니다. 계절의 여왕님과 달콤한 데이트를 즐기세요.

• 돼지새끼는 한 배에 오롱조롱 십수 마리까지 태어납니다. 그런데 놀라운 것은 태어나자마자 어미 젖꼭지가 미리 정해져 있다는 사실입니다. 참으로 경이로운 생명 현상입니다. 인간도 태어나는 즉시 사회의 젖꼭지가 미리 정해져 있다고 믿습니다. 진정한 복지 국가의 도래를 간절히 기다립니다.

• 한번쯤은 삶의 굴레를 훌쩍 벗어났으면 좋으련만, 사정이 여의치 않군요. 자연의 넉넉한 품이 그리운 하루입니다. 당신과 함께 산행 갈 날을 손꼽아 기다립니다.

• 소중한 꿈이란 무엇일까요? 어느 하나를 짚어 이것이라고 선뜻 말하기가 어렵습니다. 모든 것은 거미줄처럼 하나로 얽어져 있음을 알기 때문입니다. 나는 온몸 통짜배기로 내 인생을 살아가야 함을 잘 알고 있습니다. 그냥 열심히 사는 수밖에 다른 길이 없음을 잘 알고 있습니다. 당신의 응원이

필요합니다. 응원해 주실 거죠? 고맙습니다. 힘을 더욱 내겠습니다.

• 잿빛 하늘입니다. 몸도 마음도 구저분하고 우중충합니다. 태양은 지구 에너지의 모든 것이라지요. 새삼 태양을 찾습니다. 나의 태양을 그립니다. 지금 나의 태양은 어디 있나요?

여름

• 해운대에 갔습니다. 비키니를 많이 보았습니다. ㅋ기분이 좋았습니다.

• 당연하다고 생각하는 마음을 버려야 합니다. 생각하면 세상은 고맙기 그지없는 것들로 충만합니다. 특히 옆에 있는 배우자를 잘 챙기세요. 같이 밥 먹고, 같이 잠자고, 같이 고민하고, 같이 장 보고, 같이 수다 떨고…… 고맙고도 소중한 사람입니다. 인생의 희로애락 대부분은 놀랍게도 배우자로부터 나오는 것이랍니다. 배우자가 지금 옆에 있다면 꼭 끌어안고서 속삭여주세요. 고맙다고, 사랑한다고, 모든 게 당신 덕분이라고…….

• 시인은 그리움으로 밥을 짓는 사람입니다. 반찬은 애환의 된장국 하나.

• 단점은 눈에 잘 띕니다. 그래서 사람을 대충 알게 되더라도 단점은 쉬 찾아집니다. 이에 비해 사람의 장점은 관심을 갖고 애쓰지 않으면 눈에 잘 드러나지 않습니다. 그래서 대개 육안은 단점을 보고 심안은 장점을 봅니다. 남의 장점을 잘 발견하고 제때 칭찬하는 긍정의 눈을 가진 사람은 심안을 깨친 사람입니다. 그는 감수성이 풍부하며 매우 창의적인 사람이지요. 행복하게 살 줄 아는 사람입니다. 스스로 행복한 사람이 다른 이를 쉬 행복하게 만들어주는 것은 물론입니다.

• 책을 읽다가 지은이의 생각에 공감할 때가 있습니다. 그때의 짜릿한 희열이라니! 우연히 펼친 책에서 숨겨 두었던 고액의 비상금을 찾은 기쁨이라고 해야 할까요?

가을

• 삼류 부자는 돈 많은 걸 자랑합니다, 그러나 진짜 부자는 돈을 갖고 있는 것에서가 아니라, 돈을 쓰는 방법으로 자신

이 돈이 있음을, 그 돈을 잘 쓰고 있음을 사람들에게 전달합니다.

• 하하하 영산배 대회 준우승했습니다. 종이 베기에 사과 베기에 대나무 베기까지, 퍽이나 다채로운 양식의 베기가 새로 선을 보였습니다. 종목이 많다 보니 허점이 노출되어 준비가 어려웠고, 또 정작 대회용 대나무가 얼마나 굵고 튼실한 것들인지 잘 안 베어져서 고생깨나 했습니다. 그래서 베어도 폼 안 나고 못 베어도 폼 안 나는, 그런 우스꽝스러운 진검 베기가 되고 말았습니다. 2등 했습니다만, 나중에 대회 동영상을 보게 된다면 많이 부끄러울 것 같습니다. 수련에 더욱 정진하여 다음 대회에는 더욱 멋진 모습을 보여 드리겠습니다. 웅숭깊은 응원에 감사드립니다. 매호당 만세. 화이팅.

• 나는 혼자 몸이 아닙니다. 내 몸이래도 내 것만이 아닙니다. 건강에 유념하세요. 나를 건강하게 지키는 게 곧 내 주변 모두를 건강하게 지키는 것과 똑같습니다. 건강한 삶이란, 자신과 주변 모두를 위한, 철두철미 사랑의 배려에서 나오는 것이 아닐까요?

• 영화보다 더 영화 같은 이야기가 종종 있습니다. 바둑에

서 위기에 빠졌을 때 묘수가 나오듯이, 사람살이도 그런가봅니다. 묘수에는 짜릿한 감동이 있습니다. 정수는 평범해서 재미가 덜합니다. 가끔 묘수를 두어가며 살아가면 어떨지요. 잘 하면, 술 한 잔도 묘수가 될 수 있고, 등산이나 자전거 타기도 인생의 묘수가 될 수 있습니다.

겨울

• 길바닥에 눈얼음이 깔려 제법 미끄럽습니다. 어젯밤 잠깐 눈보라가 몰아치더니 딴일 없이 바로 얼어붙은 게지요. 조심 조심. 있는 길도 다시 보고, 없던 길은 살펴보고 조심히 걸어갑시다.

• 무탈하게 살고 싶은데, 내면의 평화는 사실 팽팽한 긴장으로 요동칩니다. 물 위 오리의 평온한 자태는, 그러나 물속에서 갈퀴 발을 재게 놀리고 있다는 사실. ㅋ 생각하면 누구나 다 그렇겠지요. 물에 떠 속절없이 흘러가기도 하고, 물살을 거슬러 헤엄쳐가기도 하고, 정겨운 벗님들과 노닐기도 하면서, 그렇게 일상의 날들을 변화무쌍하게 꾸려가겠지요.

• 맑고 투명한 겨울입니다. 산도 새도 바람도 공기도 마

치 서리 같고 눈 같고 얼음 같습니다. 지나가는 차들조차 맑은 바람 같군요. 새해 초입이라서 그런지 여태 가슴이 설레네요. 올해는 모두에게 즐거운 일이 많이 생겼으면 좋겠습니다. 날마다 좋은 날 되소서.

- 어떤 변화와 도전도 받아들일 수 있다는 용기와 자신감을 갖기 바랍니다. 생의 무기는 오직 이것뿐.

흔들리는 즐거움

23. 만남

지구라는 별
꼬물거리며 온갖 것이
모여 있다
다들 벌레 같은 것들이다
우주의 눈으로 보면
올챙이나
쇠비름이나 사람이나
다 한가지다

붉은 태양
그 너머
천억 개의 태양
또 뒤로
억만의 은하
아즐한
절대의 시공간

다시
무량수의 은하 무리들
가늠할 길 없는
시간의 깊이로
우주가 흘러간다

까마득한 날에
우연히 찾아온
지구라는 작은 별
당신과 나의
기적 같은 만남

봄

• 꽃 피고 새 울면 봄 처녀 달뜬 가슴은 어떡하나요? 봄밤은 짧고 짧고, 봄 노래는 길고 길고.

• 프로와는 다른 아마추어의 장점이 있습니다. 계산되지 않은 솔직함과 무심한 기교는 프로가 주는 것 이상의 즐거움과 감동을 줍니다. 그것은 어린 아이들에게서 가끔 받는 '깜짝 놀람'이라는 선물과도 같습니다. 그런 이유로 나는 치열하고 진중한 프로보다 느슨하고 발랄한 아마추어가 더 좋습니다.

• 시인커녕 시꾼도 못 되는 참에 예술가의 명함을 파서 다니는 사람들이 너무 많습니다. 그들은 이것을 쉬 시인하지 못하겠지만 당신은 이 사실을 정녕코 시인하시겠죠? 당신의 명쾌한 시인이 어쩌면 당신을 이 시대의 진정한 시인으로 만들어줄지도 모를 일입니다. ㅋ이 점도 시인하시죠?

• 가슴 시린 날들이 이어집니다. 오랜 시간 꽃길을 거닐다가 찾아온, 문득 길이 끊어진 느낌. 두 절벽 틈새에 꼼짝없이 갇혀버린 시간들. 그러나 고빗사위를 넘어선다면, 부신 신

천지가 나를 반겨줄 것임을 믿습니다. 며칠 밤낮을 꼬박 헤매다가 어두운 골목길을 막 빠져 나왔습니다. 밝은 햇살이 이리도 반갑군요. 덕분에 나의 오후가 아름답게 깊어갑니다. 봄꽃이 아름다운 이유는 혹독한 겨울을 이겨냈기 때문일 테죠.

여름

• 들입다 내리붓는 국지성 호우를 조심하시고, 분수처럼 솟구치는 즐거운 기억을 잘 간직하시고, 하루 밥 세 끼를 때 맞추어 잘 찾아드시고 - 하하하 이것이 장마철 여름나기 성공 전략이 아닐까요?

• 육체가 그런 것처럼 마음도 한 번씩 잠을 자야 합니다. 그러다가 화들짝 마음의 잠에서 깨어나는 것 - 이것이 깨달음입니다.

• 잘하는 것은 좋아하는 것만 못하고 좋아하는 것은 즐기는 것만 못하다고 했는데, 좋아하되 잘하지 못하고 좋아하되 또 즐기지 못하는 나는 도대체 누구일까요? 그러나 지금처

럼 열심히 좋아하다 보면 언젠가는 그도 내게 마음을 열어주
겠지요.

• 용수철은 용의 수염을 비유한 것입니다. 조화가 무궁하
고 탄성이 뛰어난 철이라는 뜻이지요. 몸은 안 되더라도 마
음만은 용수철이 되도록 수련에 더욱 정진해야겠습니다.

• 지능은 아버지 쪽보다 어머니를 닮는다고 합니다. ㅋ
ㅋ 시집 잘 가는 것보다 장가 잘 가는 게 더욱 중요하군요. 자
칫 부부 싸움의 여지가 있으니, 이 대목은 남자만 보기 바랍
니다.

가을

• 태엽이 다 풀려 버렸나 봅니다. 몸이 자꾸 가랑잎처럼 바
스러집니다. 가을바람과 함께 다시 힘껏 뛰겠습니다. 태엽을
다시 옥죄고 열심히 뛰겠습니다. 으라차차. 화이팅!

• 무엇을 하든지 그 길에서 만족과 보람을 한 번씩 맛보는
게 필요합니다. 좌절과 아픔만 겪는다면 그 길을 계속 가기
가 힘들어지니까요. 작은 성공은 한 번씩 달여 먹는 보약입

니다. 정 안 되면 숨 고르며 쉬엄쉬엄, 쉬기라도 자주 하는 게
좋습니다.

• 세상이 만든 기준에 집착하지 말기 바랍니다. 만들어진
세상을 살지 말고 내 세상을 만들어 살아요. 내가 살아가는
세상이 내 세상이며, 거기서 삶의 기준은 내가 만들어가는
것입니다.

• 연휴 터널 끝이 보입니다. 새 빛이 눈에 들어오는군요.
엊그제 오랜만에 수련장에 갔습니다. 추석 번개 모임에 여러
분들이 오셨더군요. 모두 반가웠습니다. 소나무 야외 그늘에
둘러앉아 묵사발을 펼쳤습니다. 검신님이 고향 집에서 도토
리를 직접 따서 만들었다 하더군요. 묵 한 술에 알싸한 자연
의 향기와 고향의 냄새가 배어 있었습니다. 한 입 베어 무니,
입 안 가득 보름달이 들어차더군요. 정을 나누며 묵을 나누
며 대화를 나누며 추석 연휴의 달콤함을 마지막까지 즐겼습
니다. 게다가 저는 이 날 허리가 다 나은 몸을 선물로 받았습
니다. 제일 값진 추석 선물이었지요.

• 태풍 '말로'가 태풍의 말로를 제대로 보여줄 테지요. 결
국 모든 게 한 줌 바람인 것을.

겨울

•연말이라 그런지 여기저기 가볼 데가 많고 해야 할 일이 너무 많습니다. 안팎으로 업무량이 폭주하고 있습니다. 이게 좋은 건지 나쁜 건지 갈피 어지러운데, 어쨌든 자주 인사드리지 못해 죄송합니다. 시간의 물살에 떠밀려가고 있습니다만, 지금은 마음에 여유가 필요한 시점입니다. 가쁜 숨을 가다듬으며 눈부시게 몰려오는 새날들을 기쁜 눈으로 맞이하려 합니다. 화이팅! 벗님들의 건투를 빕니다.

•날은 궂어도 마음은 환합니다. 당신을 생각하면 늘 그렇죠. 당신은 내게 언제나 봄입니다.

•어느 때에 이르면 나이 드는 게 고마워지기도 한다니 그런가보다 하지만, 아직 나로서는 모를 일입니다. 세상으로부터 받은 많은 것들을 되돌려주는 시간이 우리를 기다리고 있을 테죠. 그때 그대와 내가 마주보며 환하게 웃을 수 있기를…….

•사람을 한눈에 알아보는 방법이 있습니다. 자기보다 나이가 적거나 지위가 낮은 사람을 대하는 태도를 보면, 그의 인간성이나 사람됨이 그대로 나타납니다.

• 모래알은 약합니다. 그러나 약간의 수분만으로도 모래알은 뭉쳐서 단단한 바윗돌이 됩니다. 생의 수분은 피와 땀과 눈물이 아닐는지요?

24. 동행

당신이 있어
지구별이
퍽이나 따스합니다

당신 때문에
꽃이 피고
당신 때문에
해가 뜹니다

당신과 함께라면
세상은
달디단 꿈속입니다

봄

• 양달엔 목련이 환하게 웃고 있는데, 아직 햇볕이 닿지 않는 곳은 웅크리고 있습니다. 제가 가져온 봄꽃 한 송이를 이곳에 두고 가겠습니다. 내 마음입니다. 받아주세요.

• 공부 세계는 지름길이 없다는 단순한 진리를 뼈에 새깁니다. 상상력은 다름 아니라 소재 해석 능력이라는 사실을 혈관에 담으렵니다. 발상의 전환이 정신 혁명입니다. 지금까지의 어리석은 나를 냉큼 버리겠습니다. 새 길을 열겠습니다. 화이팅! 응원해 주세요.

• 꿈속에 또 꿈이 있습니다. 꿈과 꿈은 꼬리를 물고 이어집니다. 나이 들수록 꿈 찾기가 곤혹스럽습니다. 어느 날 내 마음의 깊은 결을 따라 꿈을 찾아서 검질기게 더듬어 내려가 보았죠. 아아 벗님이시여, 갖은 마음고생 끝에 나는 마침내 꿈의 정수와 만났습니다. 그가 속삭이듯 내게 말을 건네더군요. "고생했어. 여기까지 오느라고 고생 많았어. 삶과 꿈은 하나야. 다르지 않아. 삶이 꿈이고 꿈이 삶이야. 지금까지의 삶은 잘 익어가는 너의 꿈이야."

• 허물을 벗어야 마지막에 날개가 나타납니다. 머뭇대는 그대여, 옷을 빨리 벗으세요. 허물에서 빨리 탈출하기 바랍니다.

• 어제는 부산을 다녀왔습니다. 그곳서 삼겹살 잔치로 출판기념회를 조촐하게 열었더랬지요. 꽃다발 증정과 케잌 절단식, 그리고 이어지는 축사와 기념사진 촬영. 40여 명의 가족과 동인들 모두가 행복감에 젖어 함께 기뻐하며 축하하는 분위기는 그대로가 봄밤의 향기가 되었습니다. 시나브로 밤은 깊어가고 즐거운 맘이야 도드라져 주흥은 갈수록 도도해지고 결국 노래방을 거치고서야 모두의 뜬 마음이 겨우 진정되었나 봅니다. 그날의 주인공이 한없이 부럽더군요. 부산 문현동의 봄밤은 아름다웠습니다.

• 노력은 달콤한 고통입니다. 더욱 노력하십시오.

여름

• 비 끝에 신록이 곱습니다. 햇살은 정겹고 사랑스러우며, 세상은 넘치는 희열로 다시 들끓습니다. 담장 위 장미꽃이 어제보다 더욱 붉어졌군요. 당신을 본 듯 기쁩니다.

• 적당한 잡음이 있어야 소리가 제대로 들린다는 사실을 기억하기 바랍니다. 잡음이 있다는 건 소리가 있다는 뜻이지요. 사람이 사람 속에서 왁각달각 부대끼면서 살아가는 게 생의 진정한 즐거움이 아닌가 합니다.

• 이러면 어떨까요? 공부는 공자처럼 하고, 놀기는 노자처럼 하고, 싸우기는 손자처럼 하고! 하하하 농담입니다. 홍길동이 사라진 시대에 이런 풍류객이 이제 천하에 다시는 없겠지요.

• 원자폭탄 리틀보이와 함께 찾아온 1945년 8월 15일. '대한 독립 만세' 구호가 방방곡곡에서 세차게 움터났지요. 오늘은 광복절입니다. 뜻 깊은 날을 벗님과 함께 기뻐합니다. 그러나 남북 평화 통일이 진정한 광복이고 독립일 테지요. 남북의 평화 통일을 위해 가장 시급한 일은 일단 막바지 무더위와 싸워 이기는 것입니다. 건투를 빕니다. 화이팅!

• 가랑비를 맞으며 대숲에 들었습니다. 댓잎이 시조 운율로 몸을 흔들며 인사하네요. 모든 게 맞춤하여 마음이 푼푼해집니다. 일주 선생님의 호쾌한 웃음소리와 총명한 눈빛과 일망무제의 광안리 해변이 문득 그립군요. 새 약속 때문에

오랜 약속을 깨뜨려서 죄송한 마음입니다. 다음 달에 따로 부산에 들르겠습니다. 용서하소서.

가을

• 시나브로 가을이 굴러갑니다. 계절의 발자국을 따라 삶의 고뇌와 시름조차 단풍 숲길과 함께 깊어갑니다. 건듯 불어오는 바람에 상념들이 낙엽처럼 떨어져 내립니다. 저는 지금 가을 속으로 냉큼 빠져듭니다. 당신도 어서 이리로 몸을 던지세요. 자 함께, 에루화 풍덩.

• 광복절을 전후하여 이곳에도 폭우가 쏟아졌습니다. 나태한 마음을 두드리는 듯이 비바람은 내 가슴께까지 뛰어들었습니다. 원고 청탁서를 받고 보니, 설레고도 두렵습니다. 열심히 열심히, 정성을 다해 글 속에 나만의 색깔과 모양을 입히겠습니다.

• 사람의 허전한 마음을 채울 수 있는 건 돈이 아니라, 주변의 정겨운 말 한 마디입니다. 눈인사 한 번입니다. 사람을 살리는 건 사람이며 좀 더 구체적으로 말한다면 사랑이겠죠.

• 엄청 퍼부어대던 세찬 빗줄기가 베기 수련장에 도착하니 거짓말처럼 뚝 그쳐 버렸습니다. 초보자의 열정에 감읍한 하늘의 뜻이던가요? 가슴조차 시원함에 젖어버린 늦은 오후입니다.

겨울

• 날이 꽤 춥습니다. 시가지에는 군데군데 눈과 얼음이 창검처럼 사람을 위협합니다. 금일 시가지 전투를 암팡스레 잘 준비하시기 바랍니다. 조심조심, 발걸음도 차 발통도, 조심조심.

• 집에서 싸우지 마세요. 미워하지도 말고. 상대의 마음을 그대로 받아들이는 일이 중요합니다. 있는 그대로 받아들이는 게 큰마음이지요. 큰마음을 내면 큰사람이 됩니다. 상대를 내 사람으로 만들면 내가 커집니다. 진정한 사랑은 그 사람을 내가 인정하고 받아들이는 것에서 새롭게 출발할 테니까요.

• 모처럼 여럿이 삼겹살을 먹었습니다. 맛있더군요. 삼겹살에는 세 겹의 즐거움이 있습니다. 하나는 눈의 즐거움, 둘

은 귀의 즐거움, 셋은 혀의 즐거움. 일상 속에서 삼겹살 같은 즐거움이 또 어디 있나, 두리번두리번 열심히 한 번 찾아보겠습니다.

앗, 찾았습니다. 삼장 시조가 바로 삼겹살 같은 문학이로군요.

• 낭만이란 즐겁고 편안한 기분을 만끽하는 상태가 아닐까요? 오늘 군고구마 포장마차 집에서 그렇게 느꼈습니다. 당장 구운 고구마가 없어 나에게 조금 기다리라는 걸 나는 이렇게 말해주었지요. "괜찮습니다. 나는 시간을 가져가려는 게 아니라 따끈하게 잘 익은 군고구마를 가져가려 합니다."

25. 아침 서시
– 이 땅의 아이들에게

저기 새벽이 걸어온다
새 아침을 품고서

시나브로 피어나는
빛의 꽃봉오리

가까이 다가올수록
아이야
네 얼굴이 눈부시구나

봄

• 꽃샘추위가 살품에 찬 기운을 쏟아 붓습니다. 바람의 시샘을 받는 나는 전생에 꽃이 아니었을까요? 하느님의 응답이 없으니, 나는 지금 필까 말까 망설여집니다.

• 젊은이들이여, 급한 마음으로 직장을 구하는 일에 연연해 마세요. 시간이 걸리더라도 자신이 잘하고 또 좋아하는 분야에 매달릴 것을 권합니다. 모쪼록 평생의 직업을 구하는 일에 마음을 쏟기 바랍니다. 직업은 생계 문제 해결이라는 기본 욕구의 해소라는 측면에서 중요하지만, 궁극적으로는 그 자체로 사회 발전에 이바지하며 자아실현의 통로가 된다는 점에서 더욱 소중하고 가치 있습니다. 이런 이유로 직장은 수차례 바뀔 수 있다 하더라도 직업은 생애를 두고 일관하는 게 좋습니다.

• 북극곰은 겨울에 체중이 무려 두 배로 는다고 합니다. 겨울나기 대비용이죠. 우리 사회에도 북극곰이 있습니다. 자식교육 때문에 삶의 무게가 한량없이 늘어나는 사람들 - 오늘날 한국 사회의 중년 부부들이 바로 북극곰이 아닐까요? 그들의 이미지는 얼음 세상을 살아가는 북극곰과 겹쳐집니다.

딛고 선 얼음판이 자꾸 사라져가고 또 위험스레 얇아져가는 것까지도 정확히 닮아 있습니다.

• 어제는 결혼식장을 두 군데나 다녔습니다. 절로 피어난 꽃이 어디 있을까요마는, 꽃처럼 환한 신랑 신부 얼굴을 보면서 마음이 잠시 황홀해졌습니다. 참 아름답구나 하고 말이죠. 부모님도 싱글벙글 연신 미소를 띠며 즐거워하시더군요. 그분들이 햇빛이 되고 거름이 되고 물이 되고 바람이 되어 자식과 함께 살아 온 긴 세월. 그 세월의 향기가 지금 희끗한 머리카락에 배어 있습니다. 씨앗의 한살이를 겪으며 꽃은 다시 새 꽃에게 곁을 내 줍니다. 그리고 보니 어제 하루는 꽃 천지 가득히 삶의 향내를 맡은 기분 좋은 날이었음을, 그리고 세상은 두고두고 모둠꽃밭임을 그대에게 보고 드립니다.

여름

• 눅눅한 장마철입니다. 자체 발광이 필요합니다. 스스로 빛이 되소서. 열심히 공부하고 열심히 생활하고 열심히 운동하소서.

• 세상의 극히 미세한 부분이 우주의 넓이라면, 삶의 미묘

한 차이는 우주의 깊이입니다. 생각이 이곳에 이르면, 사람들은 제각기 다른 세계를 살고 있음을 알아챕니다. 결국 어느 누구도 자기의 우주를 유영할 뿐, 다른 세계를 침범하거나 간섭할 수 없습니다. 이 점이야말로 우리가 어느 곳에서도 자기 인생의 주인공으로 살아가야 하는 까닭입니다.

• 지금 한밤인데도 집안 온도가 30도입니다. 어제도 그러더니, 맙소사! 열대야~또 열대야! 열이 펄펄 끓습니다. 잠 못 이루는 아열대의 밤이 깊어갑니다. 시원 상큼한 수박화채를 한 그릇 먹고 싶군요. 건강 또 건강. 벗님네들이여, 불더위에 스스로를 능히 지켜내소서. 화이팅!

• 예술은 비판을 즐기며 미를 창조합니다. 학문은 비판을 견디며 진리를 창조합니다. 도덕은 비판에 기대어 착함을 구체화합니다.

가을

• 벌초를 다녀왔더니 마음이 편안합니다. 조상님의 음덕이 이제 곧 둥근 보름달로 떠오르겠지요.

• 자주 웃으면 건강합니다. 미소 짓는 얼굴이 아름답습니다. 몸과 마음이 조화된 삶의 최고는 웃으며 생활하는 것입니다. 건강하니까 웃고, 웃기 때문에 건강한 거죠. 하는 일 멈추고, 지금 이 순간, 호탕하게 한 번 웃어보면 어떨까요? 하하하하하하하.

• 과욕은 금물. 돈을 보고 지나치게 경쟁에 오르면 불타는 까마귀가 될 것이고, 돈을 보고도 욕심 없이 지나치면 몸과 마음 모두가 봉황이 될 것입니다.

• 현대 사회는 엄격하고 냉정한 양부모와 같습니다. 결코 포근하거나 따스한 존재가 아닙니다. 그러나 이제 사회는 스스로 변화를 구하고 있습니다. 참된 복지 국가를 향한 발걸음이 그것이지요. 투표는 국민의 힘! 현대 문명 국가에서는 투표가 권력이고 투표가 제도이며 투표가 법입니다.

• 모든 세상은 투표 후의 세상입니다. 그래, 투표한 대로 한 세상이 떡하니 차려지지요. 우리가 매번 투표를 잘해야 하는 까닭이 바로 여기에 있습니다.

겨울

• 어제 그제 양산 스키장에 다녀왔습니다. 낮에 초급에서 가볍게 몸을 풀다가 야간 스키에서는 난생 처음 중급 코스에 도전했습니다. 가파른 출발지에서 느낀 그 짜릿한 즐거움이라니. 그날 한 번도 넘어지지 않았다는 걸 자랑으로 덧붙이겠습니다. 둘째 날에는 허리가 너무 아파서(스키 타는 동안 안 넘어지려고 용을 쓰다 보니까) 초급 코스에서 사알살 타는 걸로 그쳤습니다. 그런데 대낮에 보니까 중급용은 코스 경사가 꽤 가파르더군요. 첫눈에 간이 철렁 내려앉았습니다. 어젯밤에 저걸 어찌 탔을까 싶었습니다. 밤이라서 하얀 눈 말고는 눈에 뵈는 게 없어서 가능했던 게지요. ㅋㅋ 호모 루덴스에서 다시 호모 사피엔스사피엔스로 돌아왔습니다. 변함없는 일상이 나를 반기는군요. 행복합니다. 다시 열심히 살겠습니다.

• 나랑 같이 각종 모임에서 만나는 여러분께 새삼 고마움을 전합니다. 일망무제의 탁 트임. 좋은 사람들과의 만남. 달콤하고 행복한 시간들. 벗님들 덕분에 세상이 한층 더 아름다우며, 그 속에서 나는 또 새 힘을 얻고 살맛나는 세상을 황홀히 살아갑니다. 모두 모두 고맙습니다. 매일 행복하세요. 화이팅!

• 한줄 수다로 풀어버리기엔 너무 무거운 일들이 연일 쏟아져 나옵니다. 우리 사회도 그렇거니와 나에게조차 시련이 경포대 밤 파도처럼 밀려옵니다. 모쪼록 모두에게 세밑 발걸음이 편안하고 가볍기를 바랄 뿐입니다.

• 어젯밤은 설국에서 하루를 살았습니다. 워낙 눈이 귀한 곳이다 보니, 동네 조무래기들이 잠도 안 자고 죄 뛰쳐나와서 꼬물꼬물 눈사람을 만들고 사진을 찍고 눈싸움을 하고, 보기만 해도 신이 납니다. 덩달아 어른들도 하나둘 동심으로 돌아가 순박한 즐거움을 누렸었지요. 새해가 코앞입니다. 365일 새로운 날들이 눈 속을 흔드는 댓잎처럼 파르라니 돋아나네요. 미리 인사드립니다. 벗님들이시여, 새해 복 많이 받으소서.

26. 농담

아침마다
부산떠는 당신
나한테
따지지도
묻지도 말고
아무거나 입어도 돼
당신은
어떤 옷을 입어도
참 잘 어울려
다 예뻐

근데 솔직히
당신은
옷을 입었을 때보다
벗었을 때가
더 예쁘거든
물론 다 벗었을 때가
제일 예쁘지 ㅋ

봄

• 봄의 발자국 소리가 가까이서 들립니다. 봄봄봄봄봄.

• 괴테가 말한 것처럼 '문학은 우리를 가르치는 것이 아니라, 우리를 변화시키는 것'일 테죠. 단조로운 삶에 아리랑 곡선이 필요하다면 문학 작품을 열심히 읽으십시오. 덧붙여 스스로의 삶을 예술로 만드세요. 살면서 너울너울 춤을 추세요. 노래를 웅얼웅얼 부르세요. 그대의 꿈과 끼를 응원합니다.

• 도심의 소란을 가로질러 버스가 팔공산 기스락에 접어들었습니다. 어느 새 따라온 봄이 우리와 길동무를 하기 시작합니다. 팔공산 가득히 봄빛이 넘실거립니다. 꽃망울이 톡톡 터져 새봄이 열리듯 열네 살 청춘을 태운 버스 안에도 웃음꽃이 여기저기서 피어납니다. 새로운 세계는 이미 버스 안에서 열렸답니다. 이박사의 가요 메들리가 신나게 찻길을 인도합니다. 아이들은 교실 속의 일상을 벗어 던집니다. 그 그림자조차 말끔히 지워버립니다. 초록의 물결을 가르며 봄의 한가운데를 향해 야영장 이동 버스가 달립니다. 열네 살의 즐거운 함성이 버스 속에서 왁자하니 버스 뒤를 따라갑니다.

•삼십대는 몸이 절정입니다. 몸으로 느끼고 몸으로 누릴 수 있는 인생의 황금기이지요. 절정의 순간에 닻을 내리고 정박할 수 있으면 좋으련만, 인생은 그것을 허락하지 않습니다. 쉼 없이 돌고 구르고 흐르고 변하여 한 순간도 고정된 모습을 허용하지 않는 것 - 이것이야말로 모든 사물이 걸어가는 단 하나의 길이 아닐까요? 인생은 천변만화의 즐거움이 넘실댑니다.

•시간의 물살에 떠밀려 나 모르는 곳으로 둥둥 떠갑니다. 생뚱맞은 일들이 나를 괴롭힙니다. 덮쳐오는 파도를 헤치며 어쨌거나 주말의 바다에 도착했습니다. 쉴 참에 당신께 안부 전합니다. 그대여 몸 건강히 늘 안녕하소서.

•어렵고 힘들수록 재미와 즐거움이 커집니다. 컴퓨터 게임을 하더라도 초등 저학년 아이들이 하는 게임은 영 재미가 없어 보입니다. 왜냐 하면 문제 해결을 위한 고통과 긴장이 약하기 때문이지요. 아아 그렇군요. 현재보다 한 단계 높은 것에 도전한다는 마음을 가진다면, 삶이 한결 재미있고 짜릿해질 것입니다. 이 경우, 나이는 숫자에 불과합니다. 도전자는 늘 청춘입니다. 벗님들이시여, 새로운 것에 언제나 힘껏 도전해 보세요.

여름

• 당신의 심장은 뜨거우니 가시는 걸음걸음 그곳에 태양이 뜨겠지요.

• 바다가 보고파 해운대에 갔더랬지요. 주말이라 차 많고 사람 많고 모래 많고 비키니 많고~ㅋㅋ바닷물은 생각보다 차가웠습니다. 그러나 '언제 또 오리요' 하는 마음에 튜브에 매달려 한참을 파도 아가씨와 놀았습니다. 흔들려서 마냥 흔들려서 즐거운 하루였지요. 내 가슴에 좋이 담아온 파도 소리를 벗님들께 바칩니다. 받으옵소서.

• 구멍 없는 벽으로는 고기를 잡을 수 없습니다. 그물의 유효성은 구멍, 즉 그물눈에 있지요. 무욕의 빈 마음을 그물눈처럼 잘 사용하면 오히려 삶이 푸짐하고 너끈합니다.

• 월요일 같은 화요일입니다(어제 월요일은 공휴일임). 저는 총각 같은 아저씨고요(어제 총각이 지금의 나임ㅋ). 시원한 계곡물에 두 발을 담그고 님과 함께 주거니 받거니 반달 수박을 나누며, 마지막에는 저절로 새어나오는 동요 한 가락을 같이 읊을 수 있다면 얼마나 행복할까요?

• 말에도 표정이 있습니다. 다정한 말은 살아 있는 말입니다. 날마다 말에 생명을!

가을

• 주말에 김해 봉하마을에 다녀왔습니다. 오래전 약속대로 동무들과 참배 겸 가을 소풍을 갔던 게지요. 봉하마을 뒤편을 둘러친 야트막한 봉화산이 꽤 운치가 있더군요. 주차 후 선걸음에 묘역을 빙 돌아가며, 바닥에 새겨진 글귀들을 구경했습니다. 사람 사는 세상을 만들자는 바람이 상감 무늬처럼 돋아져 있더군요. 벗들과 산을 한 바퀴 천천히 돌았습니다. 가을빛이 환하게 쏟아지는 산길을 걷는 짧은 동안, 여러 복잡한 감정이 종작없이 물결치는 것을 어쩌지 못했습니다. 하산 후 막걸리 두어 병과 시원한 국수 한 그릇으로 부릉부릉 달뜬 맘을 재웠습니다. 제가 보고 온 환한 가을 세상을 당신에게 바칩니다.

• 돈이라는 작은 구멍이 행복이라는 큰 둑을 무너뜨리기도 합니다. 돈 조심 행복 조심.

• 청년 시절의 끝 무렵에는 한 살 더 먹는 게 억울하고 안타깝더니, 지금 세월에는 그런 마음일랑 미련 없이 놓아 보냅니다. 지나갈 건 지나가게 하고 받아들일 건 받아들이자고. 첫 마음을 다잡아 죄기가 어려워서 그렇지 일단 작심하고 나면, 나이 들어가는 게 도리어 고맙고 편안해집니다. 있는 그대로를 받아들인다면 마음이 깨끗해지고 또 여유가 한결 푸근하게 생겨나는 까닭입니다.

• 지식은 자주 교만과 동무하며, 지혜는 겸손과 가까이 지냅니다. 나는 가능하면 겸손과 친하게 지내려는데, 이런 고백조차 교만이란 놈이 혹여 질투할는지 모르겠군요.

• 11월의 끝자락입니다. 한 모롱이 굽어들면 새하얀 겨울이 기다릴 테죠. 씩씩하게 우리 함께 겨울 세상으로 걸어가요.

• 날마다 새롭지 않으면 붓을 놓는 게 좋습니다. 누구라도 쓰는 글, 쓰나마나한 글을 쓸 까닭이 없지 않나요? 글은 새로움입니다. 깨침이며 놀라움입니다. 새 글은 새로운 문화가 되어야 합니다.

겨울

• 춥군요. 난로 불땀이 사무치는 겨울 아침입니다. 그래도 당신을 생각하면 불현듯 가슴이 따스해집니다.

• 소리 내어 우는 것은 대개 수컷입니다. 개구리가 그렇고 매미가 그렇고. 동물 대부분이 그렇다고 합니다. 까닭은 암컷의 에너지 사용을 줄여보려는 노력이 그렇게 나타난 것이랍니다. 놀랍군요. 암컷을 아끼는 마음이라니! 남자들은 집안일을 지금보다 더 열심히 해야겠습니다. 사람이 되어 갖고 개구리보다 못한 놈이라는 소리를 들어서야 쓰겠습니까?

• 말을 많이 하면 아무것도 말하지 않는 것과 같습니다. 말이 말을 덮어버리고 먹어버리고 지워버리니까요. 침묵은 때로 가장 진실한 언어입니다.

• 현재의 자신에게 만족하고 있다면 운이 좋다고 생각하세요. 운은 주관적인 것이며 자기 만족도와 밀접한 관계가 있는 특별한 삶의 매듭이니까요. 한편 일이 꼬이고 잘 안 풀릴 때 자신을 너무 탓하거나 자학하지 마세요. 지금 내게 일어난 대부분의 잘못된 일은 세상이 그런 것이지, 자신의 탓

이 아니랍니다. 자신을 더욱 사랑하세요. 시간이 지나면 오늘의 서럽고 고통스런 기억도 지나갑니다.

• 가자미와 가오리는 부레를 포기했습니다. 바닥에 더욱 납작 엎드리기 위해서 그랬다는군요.

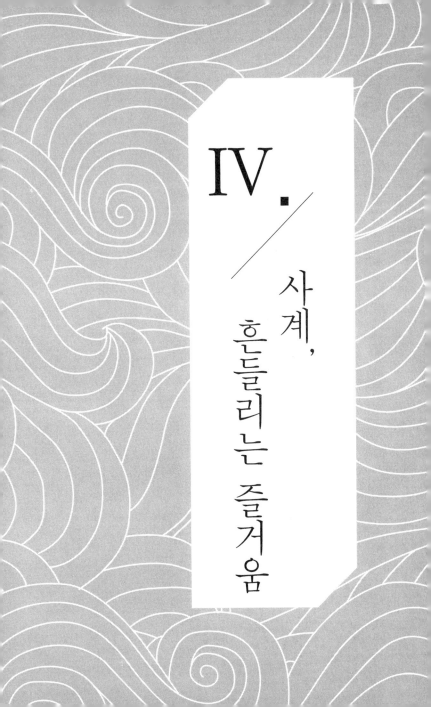

IV.

사계,
흔들리는 즐거움

27. 먹메기들의 합창

빗줄기 잦아들자
일제히 터져 나오는
매미들의 울음소리

원망도 환희도 아닌
한결같은 소릿결
먹메기들의 합창

울어 울어 노상 울되
자기를 울 줄 모르는 먹메기
굼벵이 생활 칠 년

제 소리에 놀라
더욱 자지러지게 울어대는
매미로 살아 단 이레

불볕더위 쩡쩡 가르는
먹메기들의 합창
자기를 잃어버린 자의 슬픈 노랫소리

한 줄기 바람비에도
숨 깊이 넘어가는
아아 울되 제 노래를 잃은 바보들의 합창

쩌르르르 쩌르르르 한사코 울어대는
분노도 희망도 아픔도 없이
역사의 바깥에서 그저 울기만 하는 가엾은 먹메기여

봄

• 꽃샘바람이 봄의 전령이겠지요? 봄의 설렘이 가끔은 소름으로 돋아납니다. 에공, 추워라!!!

• 생활의 무게에 짓눌리지 않고 살아갈 수 있는 몇 년이 주어진다면, 나는 먼 여행을 떠날 것입니다. 물론 그대와 함께 말이죠. 음악처럼 구름처럼 나란히 흐르다가, 가문 어느 날 봄비가 되어 축복처럼 다시 이곳으로 돌아오고 싶습니다.

• 세월이 제 갈 길 안 가고 나랑 동무하자네요. 구름 달은 예대로인데 나는 시나브로 낡아갑니다.

• 꿈의 상자 뚜껑을 열어봅니다. 갑자기 쏟아져 들어온 햇빛에 놀라서일까요, 갇혀 있던 꿈들이 탄력 좋은 고무공처럼 튀어 오릅니다. 상자 뚜껑을 이내 덮어버렸지만 고무공들은 이미 가뭇없이 달아나 버리고 말았습니다. 꿈들은 삽시간에 빛나는 햇빛 속으로 사라졌습니다. 지금 내 앞에는 햇빛 가득한 누리가 있을 뿐. 나는 하느님께 약속합니다. 언제든 긍정의 마음으로 세상을 살겠노라고.

• 지난 토요일은 부산에서 보신탕을 한 그릇 먹었습니다. 여태 속이 든든하고 무엇에나 힘이 발칙하게 솟습니다. 오늘 날씨가 스산하고 보니 뜨끈한 개장국이 다시 또 그립습니다.

여름

• 눈 뜨고 나니 광복이 되었군요. 나는 아무것도 한 게 없는데, 죄송하게도 광복절이 생일날처럼 찾아왔습니다. 요즘 독도 문제가 떠들썩하고 보니, '대한 독립 만세' 소리가 더욱 뼈에 시린 하루입니다. 대한제국 시절부터 풍찬노숙하며 독립 투쟁에 모든 걸 바치신 선열들이시여, 겨레의 가슴에 영면하소서.

• 바쁘게 인사드립니다. 7월에 떠났는데 벌써 8월. 가을이 저기 저기, 앗 이리로 뛰어오고 있군요. 요즘은 여름과 가을의 경계가 극히 엷어졌습니다. 낮은 덥고 밤은 춥고. 적응이 좀체 쉽지 않은 현대 도시 문명이 꼭 이와 같습니다.

• 어느덧 중년, 피할 수 없는 길이라면 웃으며 걸어갑시다.

• 정기모임 잔치는 즐거웠습니다. 대구의 별빛 달빛을 느

껴본 여름 잔치. 먼 걸음해주신 원 이사님께 진심으로 감사드립니다. 노래하고 춤추고 술 마시고 얘기 나누고. 이튿날 아침에 함께한 해장술과 쇠고기 국밥은 또 얼마나 맛있었는지요? 간밤은 신바람에 몸을 맡긴 동심의 시간들이었습니다. 1박2일을 함께 나눈 청량한 기운이 최소 석 달은 효력이 뻗치리라 믿으며 모두의 건투를 빕니다. 화이팅. 고맙습니다. 검동유 만세.

가을

• 산길을 걷고 싶군요. 새 소리, 물소리, 바람 소리가 그립습니다. 내 가슴에는 벌써 솔방울 떨어지는 소리가 들려옵니다. 하나둘, 여기저기서 떨어집니다. 후두두둑~덱데굴 덱데굴 데굴데굴 덱데굴. 마치 산이 살아서 움직이는 것 같습니다.

• 제게 궂긴 일이 있어서 실로 오랜만에 인사드립니다. 삼우제까지 할머니 장례를 치르고 방금 집에 돌아왔습니다. 향년 112세, 호상 중 호상이지요. 상주나 문상객이나 싱글벙글, 까지는 아니고, 마음들이 푸근하였더랬지요. 가을 더위에 굴건제복의 불편함까지, 그러나 아랑곳없이 맏상주의 역할에

전념(제가 장손이라서, 삼촌 네 분과 함께)하였습니다. 우리 할머니는 그간 고향 예천의 자랑이셨는데, 이제 하늘나라에서 우리를 인자한 미소로 지켜보시겠죠.

• 좀체 햇빛을 보기 힘들군요. 가슴 아프게도 그대는 더욱 보기 힘들고. 휴대폰이나마 반가운 인사가 오가면 좋으련만, 그것도 여의치 않더군요. 그러나 절망하지 않습니다. 그대는 늘 내 안에 살아 있어요.

• 사랑의 샘은 쓰지 않으면 금방 말라 버립니다. 사랑을 못하는 사람은 사랑을 주어보지 못한 사람입니다. 벗님들이시여, 사랑합시다. 사랑은 주는 것이고 행복은 받는 것입니다. 사랑을 주고 행복을 되받음이 어떠할까요?

겨울

• 날이 추워지니 긴장이 되며 더욱 뜨겁게 살아야겠다는 생각이 드는군요. 뭐든 열심히 하면 몸과 맘이 데워질 거니까요.

• 바쁘게 살다보니 세월이 하얗게 바래지는 것도 몰랐습

니다. 자주 인사 못 드려 죄송합니다. 벌써 12월. 마지막 달력 한 장이 벽면에 위태롭게 붙어 있네요. 저마저 곧 가랑잎이 되어 속절없이 굴러갈 테죠. 벗님이시여, 올해 인생극장의 마지막 장을 멋지게 마무리하기 바랍니다. 건투를 빕니다. 화이팅!

• 중년을 걸어갈 때 젊음의 패기와 연륜의 호기가 결합하면, 참으로 아름다운 인생이 될 것입니다.

• 첫사랑은 일생을 통해 쭈욱 지속됩니다. 사랑은 자꾸 움직입니다. 그래, 사랑은 만날 때마다 첫사랑입니다. 첫눈에 보아 설레는 맘이 첫사랑입니다. 사랑은 모두 첫사랑입니다. 첫사랑을 꿈꾸며 사람들은 날마다 설렘 속에 낡아갑니다.

28. 나는

얼마나 다행인가 나는
이 나이에 사랑을 배우다니

얼마나 행복한가 나는
남은 날들이 푸르게 보이나니

얼마나 아름다운가 나는
갈수록 칼 끝 날카로워지니

얼마나 두려운가 나는
이룬 것 없이 세월에 흐르나니

아아 얼마나 안타까운가 나는
오늘에 만족하며 살아가려니

봄

• 봄새가 기지개를 켭니다. 비 끝에 맑은 기운이 퐁퐁 솟아 납니다.

• 버스가 달립니다. 봄빛이 차 유리창에 부딪히며 파랗게 부서집니다. 아이들의 지저귐이 새소리로 살아납니다. 팔공산이 마중을 나왔군요. 화사한 봄꽃들이 아이들에게 손을 흔들며 인사를 합니다. 제 깜냥으로 차려 입은 아이들의 얼굴이 보드레한 햇살에 꽃처럼 피어납니다. 버스 안과 버스 밖이 어느 새 봄빛으로 하나가 되었군요. 즐거움을 가득 싣고 버스는 콧노래를 흥얼거리며 자연 속으로 천천히 빠져듭니다.

• 물결은 정지하기 위해 출렁이며 바람은 돌아오기 위해 지나갑니다.

• 연휴는 기다려지고 세월 가는 건 아깝고, 맛있는 건 먹고 싶고 살찌는 건 싫고. 못 하면서도 굳이 하고 있는 게 있고, 시간 여유가 없어서 잘 하는 것인데도 지금 하지 못하고 있는 게 있습니다. 이것이 인생. 까닭에 인생은 철두철미 창조의 영역입니다. 선택이 창조이며 창조가 곧 선택입니다.

• 진정 살아있는 것은 아이들입니다. 자란다는 것과 부드럽다는 것의 의미를 가장 잘 보여주는 존재가 아이들이니까요.

• 신을 창조하고 신을 표현하는 것, 이것이 예술이 아닐까요? 그렇다면 스스로가 신이 되지 못하는 예술가는 진정한 예술가가 아니겠지요.

여름

• 가만히 들어보면 매미 소리가 파도타기를 합니다. 이 나무에서 저 나무로, 또 그 옆의 나무로. 매미 날개에 늦더위가 실려 있습니다. 여름의 꼬리가 꽤 길군요.

• 오월의 정원, 르네상스, 궁전, 엘리앙스 - 뜬금없이 무슨? 다들 예식장입니다. 지난 주말에 제가 들른 곳이기도 하고요. 요즘엔 혼례식에 계절이 따로 없나 봅니다. 놀랍게도 여름철에 식이 이렇게 촘촘히 잡혀있습니다. 하긴 일상의 삶이 비바람을 아랑곳하던가요? 또 생각해 봅니다. 어차피 인생은 전천후 농사가 아닐까 하고.

• 베기장이 깨끗이 치워졌습니다. 그 많은 풀들이 다 베어지고 어디론가 사라졌습니다. 고개를 들어보니, 눈에 익은 솔가지 하나가 부러져 있군요. 그도 세월의 무게를 감당하기가 힘겨웠나 봅니다.

• 배움에 있어 솜씨 없음은 용서가 되지만, 정성 없음은 용서하지 말아야 합니다. 정성으로 쌓는 공든 탑 - 이것이 배움의 요체인 까닭입니다.

가을

• 모든 아름다운 것들이 절정을 넘어 가랑잎처럼 날려갑니다. 눈물방울 같은 가을 햇살이 맑고 환하군요. 속절없는 생을 애타하면서 단풍이 더욱 붉어집니다.

• 삶이 아름다운 것은 지금 누군가를 사랑하기 때문입니다. 당신의 환한 미소는 가까이에서 함께 빛나는 사람이 있기 때문입니다. 그가 가족이라도 좋고 애인이라도 좋습니다.

• 벌써 내일이 또 금요일이군요. 시간은 시냇물인가요? 잘도 흘러갑니다.

• 둘 중 하나가 있어야 해요. 꿈이 있든지 애인이 있든지. 둘 다 없으면 재미없어요. 흥이 안 나요. 삶이 괴로워요. 후훗, 꿈은 설렘입니다. 애인은 설렘입니다. 설렘이 행복이지요. 하루에 한 번 설레면 한 번 행복하고, 두 번 설레면 두 번 행복합니다. 새로운 도전 앞에 서면 절로 가슴이 설렙니다. 설레면 아름답고, 아름다우면 떨리고, 떨리면 청춘이지요. 사랑하는 벗님이시여, 가을 오솔길을 씩씩하게 걸어갑시다. 우리 응원을 나누며 함께 가요.

겨울

• 모든 걸 빨아들이는 연말연시 블랙홀이 찬 이마에 부딪힙니다. 정신 줄 팽팽히 당기고 주변 건사 잘 하시기 바랍니다. 오늘도 웃음으로 마무리 짓는 하루를 만들어 가세요.

• 모임 자리가 다가오네요. 흩어졌던 사람들이 한 곳에서 만나는 시간. 기쁜 마음으로 토요일을 기다립니다. 한참 만에 온다는 그는 얼마나 변했을까, 벌써 궁금합니다.

• 예술가란 복잡함과의 싸움에서 미의 단순성을 지켜낸 사람입니다. 삶의 소소함은 단조로운 것이며 간명한 단순성

의 흐름일 테죠. 일상을 누구보다도 재미나게 꾸려가는 사람들, 그들이 바로 생활의 예술가들입니다.

• 며칠 동안 서울에 다녀왔습니다. 난타 공연도 보고 여기저기 둘러보았더랬지요. 요즈음 제게 일이 너무 많이 몰려 있어요. 그래서 바쁘고 또 바쁩니다. 오늘 아침 대구에는 첫눈이 내렸습니다. 당신에게도 좋은 일들이 함박눈처럼 펑펑 내렸으면 좋겠습니다. 첫눈의 설렘으로 인사드립니다. 이만 총총.

29. 눈빛 하나

화사한 봄날
햇살 타고 날아오는
눈빛 하나 있었네

핑그르르 딱-

그만 내 가슴에
박혀 버렸네

오, 찬란한 빛이여
생명의 떨림이여

봄

• 교정 가득히 노오란 병아리 떼가 몰려오네요. 새로 입학하는 중학생들입니다. 새 학년 새 출발을 하는 아이들 얼굴이 마치 봄꽃 같습니다.

• 이제야 알겠습니다. 왜 신부와 수녀와 스님이 독신으로 사는 것인지? 흔들리며 도(道)를 찾기 위해서겠죠. 그리고 또 알겠습니다. 사람들이 왜 결혼 생활을 하는지? 그 역시 흔들리며 도를 찾으려 하는 노력이겠죠.

• 어제는 지나가버린 가짜이고 오늘은 있는 그대로의 진짜입니다. 오늘에야 진정 나는 살아 있습니다.

• 드디어 셋째 날 아침이 밝았습니다. 시퍼렇게 날선 추위와 짙은 어둠에 물어 뜯기던 공포의 밤은 지났습니다. 텐트와 짐 나부랭이를 정리하며 우리 모두는 한 가지 생각에 골몰합니다. 보람은 있었지만 고생이 장난이 아니었다고 말입니다. 하기야 먼 옛날 홍길동 장군이 우리에게 몸소 보여주었지요. '사람은 집 떠나면 개고생한다.'고.

• 차의 향기를 귀로 듣는 경지를 문향(聞香)이라고 합니다. 귀를 열고 눈을 열고 가슴을 열어 세상의 향기를 들으소서. 벗님이시여, 생활 속에서 차 한 잔 마시는 여유를 찾기 바랍니다.

여름

• 불볕더위가 줄기차게 이어지고 온 세상이 가마솥 안처럼 펄펄 끓어오릅니다. 낮밤 없이 숨이 턱턱 막혀 하루나기가 힘겨운 요즈음입니다. 차디찬 계곡물 소리가 아스라이 그립습니다. 살다보면 좋은 순간들이 한 번씩 찾아오겠지요. 당신을 만날 기쁨으로 여름 사막을 견딥니다.

• 비몽사몽의 기운으로 하루를 겪어냅니다. 너무 더워서 말이죠. 숲속 그늘에 불어오는 바람, 갑작스레 소나기 오는 정자, 가슴을 타고 내리는 시원한 생맥주 한 잔 - 지금 이 순간 가장 대면하고 싶은 풍경들입니다.

• 칭찬은 고래도 춤추게 하고 꾸중은 꼴뚜기도 열 받게 만든다고 합니다. 더운 날씨만큼이나 날씨가 눈부십니다. 티끌

하나 없는 깨끗한 세상 - 이 좋은 날씨를 선물로 주신 하느님을 우리가 칭찬해 드리면 어떨까요? 하느님, 화이팅! 사랑합니다.

• 용케 꿈 하나가 아직 남아 있네요. 떨리는 가슴을 가누며 들여다봅니다. 몸속 세포 하나하나가 기쁨에 소리치는군요. 꿈의 포장지를 벗겨봅니다. 그러나 양파처럼 포장지를 벗기고 또 벗기고, 종내에는 빈 허공만 남아 버리는 황당함이라니……

가을

• 청명한 가을 기운에 심신이 상쾌합니다. 날개가 곰실곰실 돋아나는 듯. 나는 오늘 하루 나 자신을 신선으로 임명합니다. 신선 이동훈 ㅋㅋ

• 아름다움에 넋을 놓고 반하는 마음, 존경스러워 저절로 우러러보는 마음, 자꾸 생각나 보고 싶어 못 배기는 마음, 불의를 보고 참지 못해 소리치는 마음, 기뻐서 펄쩍 펄쩍 뛰며 하늘로 솟구치는 마음.- 이 마음들을 보고 싶고 찾고 싶고 또 갖고 싶습니다.

• 슬퍼서 아름답고 유한해서 보배로운 인생. 별 하나가 지금 내 가슴에 있습니다. 나 혼자만의 별은 나만의 보배로운 꿈입니다. 나를 움직이게 하는 원동력은 바로 이것입니다.

• 모든 행동에서 가장 중요한 것은 진심을 담는 것입니다. 이것 이상의 대화 기술은 없습니다. 체온이 담긴 따뜻한 말과 행동은 사람 사는 세상을 만들어가는, 두 바퀴의 자전거와 같습니다.

• 문학은 결국 자기 이야기이거나 남의 이야기인데, 사람들이 문학 작품을 즐겨 읽는 까닭은 무엇일까요? 첫째로 문학은 자기 이야기이므로 진정성이 있으며 감동적인 까닭에. 또 하나는 남의 이야기이므로 궁금하고 조바심 나고 재미있기 때문이 아닐까요?

겨울

• 잿빛 하늘이 며칠째 머리 위에 떠 있습니다. 꽃망울처럼 터지는 지난 추억을 안고, 이제 겨울의 조붓한 오솔길을 걸어가야 할 시간입니다. 외롭고 서럽고 고단하더라도 사랑하

는 사람들과 응원을 나누며 함께 걸어가요. 겨울이 오면 봄이 멀지 않으리니, 긍정의 힘으로 겨울 한복판을 가로질러 갑시다. 스키 타듯 경쾌하게 그리고 스케이트 타듯 우아하게 미끄러져 가볼까요? 얍. 출발합니다. 화이팅~

• 차가운 겨울바람과 매화 꽃송이 같은 대나무 잉걸불이 뜨겁게 사랑을 나누던 날을 기억합니다. 그때 마주한 당신의 얼굴은 봄꽃보다 아름다웠습니다.

• 도금하지 않은, 있는 그대로의 날것이 소중합니다. 순금으로 태어나 도금의 삶을 살아가는 게 인생이라 해도, 자기를 잃어버리고서야 진정한 행복을 찾을 수 없겠지요. 어떤 경우라도 원래의 자기 모습을 간직하세요. 순금입니다.

• 새 희망이 산등성이에 눈꽃처럼 반짝입니다. 한 해의 끝자락에 서서 새 날빛을 기다립니다. 설레는 맘이 이미 새로운 태양일 테죠.

30. 내게 멀리 있는 여자가 아름다워라

가까이 있는 사람보다
멀리 있는 사람이 아름다워라

내 곁에 있는 사람
아리따우나 눈에 들지 않고
저 멀리 아지랑이처럼
일렁이며 안 잡히는 사람
비밀한 향기에 싸여
더욱 아름답구나

내게 가까운 여자보다
멀리 있는 여자가 더 아름다워라
먼 별이 가진 신비로운 힘
그 힘에 끌려 내게 멀리 있는
그 여자 참 아름답게 다가오누나

가까이 있는 여자보다
내게 멀리 있는
한 여자가 꽃처럼 아름다워라
차마 닿을 수 없어
더욱 아름다워라

봄

• 바람이 버들강아지 몸짓으로 살랑댑니다. 강물에 봄빛이 넘쳐납니다.

• 담장 너머로 불쑥, 개나리가 금방이라도 고개를 내밀 것 같습니다. 마음의 준비도 없이 갑자기 꽃 인사를 받고 보면 난감할 듯도 합니다. 빈 가지에 꽃눈이 트고 꽃망울이 맺히면 사람들의 가슴에도 자릉자릉 봄의 종소리가 울릴 테지요.

• 길이 따로 있지 않습니다. 내가 가는 곳이 길입니다. 지구는 둥글기 때문에 어느 쪽으로 가도 길이 있습니다. 내가 새로운 우주입니다. 내가 또 하나의 지구입니다. 내 마음을 새롭게 바꾸면 새 길이 열리겠지요. 그대여 응원해 주세요. 바야흐로 나는 지금 새 길 초입에 있습니다.

• 초보자는 어깨에 힘이 잔뜩 들어갑니다. 운전을 하든, 글을 쓰든, 축구를 하든 말이죠. 자연스럽고 편안하게 글을 쓸 수 있도록 더욱 정진하겠습니다. 갓 입문한 진검 베기 수련도 발걸음을 같이 하겠습니다. 그대여, 응원해 주세요.

• 행복 앞에서는 겸손해지세요. 그러나 불행 앞에서는 용감해져야 합니다. 생의 이치는 오직 이것뿐.

여름

• 날이 너무 더워서 컴퓨터를 며칠 멀리했습니다. 지금 숨이 턱턱 막히네요. 선풍기도 틀지 않고 참을성 있게 나를 실험해 봅니다. 이런 걸 넘어서야 정녕 삶의 고수가 되려니 생각하면서 말입니다. 그래도 지난 주말에 느껴본 영양 수비의 계곡물이 여태껏 나를 시원하게 얼려주니 다행입니다. 다슬기, 천렵, 수박, 맥주, 바둑. - 잠시 신선놀음을 했던 장면들이 주마등처럼 스쳐갑니다. 이 힘으로 남은 폭염 한 달과 싸워볼까 합니다. 응원해 주세요.

• 하찮은 것에도 감동할 줄 아는 사람들이야말로 행복을 창조하는 사람들입니다. 이런 점에서 남자와 어른은 불행하고, 여자와 아이들은 행복합니다. 까닭에 자신이 여자가 아니라면 어쨌든 아이처럼 살기 위해 더더더 노력해야 합니다.

• 지난 주 토요 정모는 보석바 때문에 마무리가 찬란했습니다. 간간이 뿌리는 빗줄기 따라 몸과 마음이 깨끗하게 정

화된 하루였지요. 진검 베기 수련에 더없이 좋은 날씨였고, 게다가 정모 끝자락에는 하늘의 조화로 하늘과 땅이 두 개의 세계로 정확히 분리되는 놀라운 장면을 목격하기도 했습니다.

• 감성은 청춘의 샘터입니다. 감성이 메말랐다는 것은 청춘이 죽어 있다는 뜻. 그러므로 끊임없이 감성을 돋우어가는 게 생의 청춘을 구가하는 비결입니다. 감동이 많은 인생이 행복한 인생임을 명심하십시오.

가을

• 마지막 잎새가 고빗바람에 떨고 있군요. 내 가슴이 조마조마. 세월의 가쁜 숨결이 바람 소리로 남았습니다. 빈 나뭇가지에 너무나 많은 사연이 걸려 있군요.

• 지구 위에 고통 없는 열매는 없습니다. 내가 좀 더 노력하겠습니다.

• 생각의 감옥이라는 게 있습니다. 한 가지 생각만으로 문제 해결을 구하려 하면 실패합니다. 마음의 문은 항상 충분

히 열어두는 게 좋습니다.

• 공부에 생활을 빼앗겨 버린 아이들은 어른에 대한 존경심도 빼앗겨 버렸습니다. 동방무례지국이 바야흐로 탄생을 눈앞에 두고 있습니다. 입시 위주 공부는 오래 전에 발생한 이 시대의 치명적인 망국병이 아닐까요?

• 11월은 숫자 모양새가 마치 잎새를 떨군 앙상한 나뭇가지 같습니다. 우리도 곧 겨울 채비를 해야겠군요. 가을의 끝자락을 밟으며 용감하고 씩씩하게 함께 걸어가요. 응원합니다. 화이팅~

겨울

• 자주 웃으세요. 웃는 얼굴은 인생 최고의 예술품입니다.

• 한데서 잉걸불을 만들어 겨울바람을 녹였습니다. 발갛게 달아오른 대나무 불땀이 마치 매화 꽃송이 같습니다. 시시각각 변하는 불속이 어찌나 화려하던지 지켜보는 내내 황홀경에 빠져버렸습니다. 아름다움을 만나는 일이 행복의 불꽃을 일으키나 봅니다. 칼바람 속에서 절정의 행복감을 맛볼

수 있었으니 말입니다.

• 간도는 옆섬의 한자말입니다. 두만강 옆이라는 뜻이죠. 조선조 말에 한국인이 개척한 황무지 땅입니다. 지금 사람들 사이에도 간도 같은 게 있습니다. 손을 뻗어 개간을 하면 좋겠지요. 씨앗을 뿌리세요. 행여 사랑이라도 익으면 사랑을 수확하는 기쁨을 누려보기 바랍니다.

31. 아침 햇살처럼

기쁨의 햇덩이 같은
사랑스런 내 아이들이
이런 사람으로 살게 하소서

아침 햇살처럼 늘 반짝이는……

언제나 밝게 미소 짓는 사람이 되고
매순간 보람의 열매를 거두는 사람이 되고
돈과 물질에 얽매이지 않는 사람이 되고
어둠에 잠겼어도 스스로 빛을 만드는 사람이 되고
자기 일의 보람과 가치를 매양 사랑하는 사람이 되고

오, 이 보배로운 씨앗을
우리 아이들이 맘속 깊은 곳에
언제나 간직하게 하소서

아침 햇살처럼

아침 햇살처럼

깨어지지 않는 아름다움을 품에 안고

봄

• 오늘은 입춘. 봄 마중하러 길을 나섰습니다. 나비처럼 내 곁에서 팔랑거리는 봄. 봄은 보는 것에서부터 온다지요. 그래서 이름조차 '봄'입니다. 오늘 하루 주변과 사물을 잘 살펴보세요. 새봄이 몰래 꽃눈을 트고 있을지 모릅니다. 시나브로 세상은 꽃 천지 봄날이 될 것입니다. 늘 처음처럼 언제나 새날처럼, 우리 즐거운 마음으로 봄날을 함께 걸어요.

• 지난 토요일, 부산에서는 밤이 이슥토록 세 겹의 즐거움이 파도처럼 넘실대었습니다. 1겹은 신구 조화의 즐거움, 2겹은 남녀 조화의 즐거움, 3겹은 가무 음주의 즐거움이 그것이지요. 그리고 이 모든 즐거움의 출발지는 뜨거운 삼겹살 불판 위였다는 사실을 밝힙니다.

• 책은 정신의 주식이지 간식이 아닙니다. 정신을 살찌우는 데는 책 만 한 게 없습니다. 책은 정신의 밥입니다. 틈나는 대로 책을 먹읍시다. 영혼이 허기지지 않도록.

• 비 끝에 햇살이 보석처럼 찬란합니다. 소리 없이 봄이 열리고 있네요. 우리도 가슴을 열고 새 바람을 한껏 들이켜

보아요. 봄날의 꽃향기를 모두에게 전합니다. 선물 받으세요.~ㅋ

    • 현대를 물질 위주의 시대라고 오해하는 분들이 있습니다. 그러나 현대는 오히려 마음이 주인이 되는 시대입니다. 지금은 돈이나 물질로는 마음의 만족이나 평화를 찾을 길이 없어졌습니다. 산업화 시대에는 빈 공간을 무조건 물질로 가득 채우는 게 목적이었습니다. 꽉꽉 채워야 만족할 수 있고 모든 게 편리할 수 있다고 본 것입니다. 그러니까 이때는 학교 교육도 꽉꽉 채우는 게 목적이 되고 말았던 것이지요. 이때의 사고방식에 전염되어 있는 사람들이 한국 학교의 오늘조차 빈틈없이 죄 채우는 일에 앞장서서 설치고 있습니다. 오늘의 학교가 일상이 너무 빡빡하여 숨쉬기조차 힘든 공간이 되고 만 까닭이 여기에 있습니다.

    삶에서 정녕코 중요한 것은 마음이고 감정이고 기분입니다. 물질 문명 선호 사상은 지난 시대의 잘못된 유산입니다. 돈과 물질 중심의 서양 추종 사고 틀을 깨뜨려야 합니다. 이제 다시금 학교를, 그리고 사회를 여백이 살아 있는 공간으로 만들어야 합니다. 특히 학교에 자유의 공기를, 놀이의 시간을 듬뿍 풀어주기를 간절히 바라마지 않습니다.

여름

• 이렇게 더울 바에는 차라리 며칠을 두고 장맛비가 내렸으면 합니다. 야외 수련장에 가면 방아깨비가 여기저기서 풀썩 풀썩 뛰쳐나옵니다. 메뚜기와 떡개구리, 고추잠자리와 거미와 고양이와 모기까지. 그러나 그 많던 검동유 벗님들이 가뭇없이 뿔뿔이 흩어진 지금, 수련장에는 놀랄 만한 지열과 무성한 잡초와 황량한 기운만 남아 있습니다. 옛 추억만이 솔 그늘을 따라 쓸쓸히 맴을 돕니다. 벗님들의 안녕을 물어봅니다. 다들 잘 지내시죠?

• 언제나 흐르는 물의 모습을 보여주는 당신께 찬사와 존경을 바칩니다. 변화와 새로움에다가 영민함과 부지런까지, 계곡물처럼 영롱함을 쉼 없이 흘려보내는 당신을 응원합니다.

• 그리움과 열정이 나를 이끄는 한 나는 언제나 청춘이라고 믿습니다.

• 양산 통도사에 가면 삼성 반월교가 있습니다. 그 아래 분수대에서 물줄기가 하늘 높이 시원스레 뿜어져 나옵니다. 사

람들이 어족인 양 거기 물속에 뛰어들어 더위 사냥을 하더군요. 성보 박물관을 시작으로 우리 일행이 발걸음을 옮기는 족족, 문화 해설사의 명쾌한 설명이 따라붙었지요. 그래, 더위를 잊은 채 우리는 국보급 지식을 상감 문양처럼 몸에 깊이 새겼습니다. 그 바람에 폭염 속 땀방울 하나하나는 보람의 진주알로 영롱하게 승화되었고요. 양산에서 보낸 토요일 한나절은 저녁 무렵 삼겹살과 함께 한껏 맛있게 익어 갔더랍니다.

가을

• 가로수에서 낭자히 흐르는 단풍의 행진을 봅니다. 형형색색의 단풍잎이 도시 생활에 지친 맘을 달래주는군요. 산에 가지 않아도 몸은 어느 새 가을 한복판에 풍덩 빠져 버렸습니다. 가을은 계절 자체가 하나의 그림판이 아닐까 합니다마는. 창 밖에는 가을이 활짝 피었습니다.

• 약점이 있으므로 사랑 받습니다. 자신의 약점을 미워하지 마세요. 약점이야말로 발전의 원동력일 수가 있습니다. 사람은 누구나 약점이 있습니다. 자신의 약점을 사랑하세요. 사람을 사랑하는 비결이 거기 있습니다. 자신을 사랑하는 사

람이 진정 남을 사랑할 수 있으니까요.

• 여름과 가을, 계절의 틈서리에 외로움이 바람처럼 넘나 듭니다. 어쩔 수 없이 나는 또 가을 남자가 되어갑니다. 추남 (秋男)이라서 곁에 아무도 없습니다. 당신은 멀리 있고 바람 은 더욱 쓸쓸합니다.

• 희망은 절망 속에서 더욱 또렷해집니다. 어둠 속에서 빛 이 제물로 환한 것처럼.

겨울

• 조용하던 동장군이 기승을 부립니다. 이른 아침에 찬바 람이 칼 끝 같더군요. 우주 만상과 베기 시합을 벌이려는 듯 기세가 날카롭습니다. 북풍한설 침노하는 겨울의 여울목을 제가끔 조심조심 건너가요. 몸 튼튼 마음 튼튼, 천상천하 건 강이 제일입니다.

• 왜 돈이 필요하냐는 질문에 미국의 철학자 칼라일은 이 렇게 말했답니다.
"천한 놈들에게 천한 대접을 받지 않기 위해서."라고요.

• 무슨 일을 하든지 몸이 기억하는 단계까지 가야 합니다. 그렇지 않으면 새로운 변화에 기민하게 대응하지 못합니다. 운동을 하든, 공부를 하든, 요리를 하든, 수련에 수련을 거듭하여 몸이 조건반사적으로 반응할 때까지 몸과 마음을 갈고 닦을 밖에요.

• 책을 펼치니 기억 저편에 쟁여둔 보물 하나가 눈에 들어왔습니다. 관포별곡이라는 시조. 그곳에서 사람 냄새가 물큰 풍겨 나오더군요. 지은이의 인간미를 촉감으로 느끼게 하는 좋은 작품입니다. 작품에 녹아든 인물평이 어찌 그리 살갑고 향기로운지요? 시조 바다에 긍정의 빛이 가득합니다.

32. 달님에게 띄우는 편지

달님 안녕하세요

저는 한결이에요.

그런데 물어볼 게 있어요.

달님은 왜 빛이 나나요

달님은 왜 어두운 우주에 사나요

자주 태풍이 불어서 잘 못 봐서 아쉽지만

저는 재밌게, 즐겁게, 행복하게

잘 살고 있답니다

그리고 우리를 만날 따라오느라 힘드시죠

저는 나중에

아니 언제 한 번

달님 집에 놀러갈게요

그럼 안녕

봄

• 만개한 벚꽃이 시선을 붙드는군요. 별 같고 꼬마전구 같은 꽃송이들이 탐스럽게 피었습니다. 꽃나무가 꿈에 젖은 듯 몽롱합니다. 바라보는 나조차 몽롱해집니다. 지금 이 모든 게 꿈같고 또 꿈이었으면 좋겠습니다. 황홀 삼매경에 오래오래 머물고 싶군요.

• 영화를 한 편 보았습니다. 행복했습니다. 그 영화를 어디서 볼 수 있느냐고 물으신다면, 그건 바로 당신께서 영화 부귀와 무관한 삶을 살아왔다는 증거일 테죠. 저는 가끔 한 편의 영화 보기로 부귀공명을 짧으나마 흐벅지게 맛본답니다.

• 고수는 상처가 많습니다. 지금 생활의 갈피갈피에서 상처 입은 사람들은 모두 힘내시기 바랍니다. 어둠이 짙게 두터워지면 스스로 빛이 되나니, 궁함의 끝자락에 닿은 이들은 곧 새로운 변화와 마주칠 것입니다. 도전하십시오. 새봄은 아직 시작되지 않았습니다.

• 참새 한 마리가 아파트 내에서 운행 중인 차의 앞 유리창에 부딪혔습니다. 그 충격으로 참새가 두통을 호소하며 비틀

거리자, 차에 타고 있던 두 아이가 비명을 지르고 난리가 났습니다. 운전자인 애 아빠가 더 애타하며 집으로 참새를 데려갔겠지요. 부상자를 상자에 담아 이틀을 노심초사 돌보다가 아빠 근무처인 경찰서로 후송했다는군요. 참새와 아이들과 아픔을 같이한 가슴 따스한 그 경찰관이 존경스럽군요.

여름

• 더위에 질식된 듯 모든 물상이 숨죽인 가운데, 그러나 잘 두드리면 열릴 것 같은 삶의 문을 바라봅니다. 욕심과 절제는 마음을 사이에 두고 타협과 다툼을 거듭합니다. 소용돌이치는 뜨거운 심장을 안고서 어떻게든지 일상을 꾸려가는 게 인생이 아닌가 합니다. 그대를 응원합니다. 사랑하는 벗님이시여, 가슴 속 열정을 활활 태워서 불더위와 뜨겁게 맞서기 바랍니다.

• 물은 혼자서는 흘러갈 수 없으며 물방울은 서로 만나기를 원합니다. 마치 당신과 내가 그런 것처럼.

• 너무 열심히 운동하다가 얼마 전에 손목이 삐꺽 탈이 났습니다. 얼마간을 꼼짝없이 쉴 수밖에요. 작은 불편함 속에

몸의 소중함이 새록새록 뼛속 깊이 새겨집니다. 겪어보니 알겠더군요. 자기 몸의 평화가 세계 평화의 처음과 끝이었습니다.

• 암행어사 박문수가 점술가를 찾아갔습니다. 복(卜)자를 짚어 점괘를 구했지요. 점쟁이의 말인즉슨, 허리에 마패를 찼으니 당신은 암행어사가 분명하다는 대답. 용하다 싶어 이번에는 거지를 변장시켜서 점을 치게 했습니다. 그도 역시 복(卜)자를 짚으며 물었겠지요. 점괘 해석이 즉시 나왔습니다. "당신은 허리에 쪽박을 차고 있으니 거지임이 분명하다." ㅋㅋ 해석 능력의 중요성을 속 시원히 보여주는 장면입니다.

가을

• 날이 찹니다. 가을 기러기처럼 안부를 문득 물어봅니다. 잘 지내시죠?

• 추석의 대명사 송편. 반달 모양의 송편과 한가위 보름달은 서로 닮았더군요. 보름달 같은 누군가가 있어 그를 닮으려 노력하는 삶은 아름다울 것입니다. 생이 이슥토록 나

는 보름달을 꿈꾸는 반달로 살고 싶은 마음입니다. 존경하는 스승이시여, 벗님들이시여, 오래오래 나의 보름달이 되어주세요.

• 어떤 때는 인도가 동양인지, 이집트가 서양인지 헷갈립니다. 동양과 서양의 구분은 서양과 서양 아닌 것을 가르려는 서양의 폭력 행위라고 말하고 싶습니다.

• 11월이 느닷없이 냉동 창고에 갇혀 버렸습니다. 준비 없이 닥친 추위가 무섭군요. 그러나 오랜만에 찾아온 추위와 아등바등 싸우지 않으렵니다. 추위 덕도 좀 보면서 사이좋게 잘 지내려고 합니다. 왜냐 하면 추위 접대는 포근한 마음이 제일이고, 동무는 어쨌든 많을수록 좋으니까요.

겨울

• 경부 고속도로를 달렸습니다. 시원하게 트인 시야로 눈 덮인 겨울 산이 다가오더군요. 눈에 익은 한국화 풍경 그대로였습니다. 역시 자연은 붓을 든 가장 위대한 화가입니다.

• 새해 들어 사람들은 자신의 비밀스런 꿈을 기어이 끄집

어내 보나 봅니다. 세월 따라 삶이 달라지듯이 꿈도 다른 모양, 다른 색깔을 갖습니다. 나이에 맞게 꿈에는 그 나름의 색깔이 있어 아름답습니다. 유년 시절의 꿈이 아침놀이 머금은 진보랏빛이라면, 소년 시절의 꿈은 들끓어 오르는 힘이 지닌 붉은 핏빛입니다. 청년 시절의 꿈이 가을 하늘을 찌를 듯이 우뚝 선 소나무 잎새의 날카로운 푸른빛이라면, 장년 시절의 그것은 비 온 뒤에 도랑을 거칠게 돌아나가는 검붉은 황톳물 빛입니다. 세월의 나이테가 올올이 새겨지는 중년 시절의 꿈이 잘 익은 연시 같은 진한 홍색이라면, 노년 시절의 그것은 겨울 햇살을 받아 가무댕댕하게 변색되어 가는 고욤의 검정 먹빛입니다. 지금 당신의 꿈은 무엇인가요?

• 오늘날 우리 모두는 약에 병들어 있는지도 모릅니다. 약이 너무 많아요. 약 주고 병 주는 세상입니다. 우선 약부터 주고 병을 나중에 가져다주는 세상입니다. 그러니 흥분은 금물! 세상 살면서 약 받지 마세요. 약 오르지 마세요. 병이 따라옵니다. 침착 또 침착, 자신을 잘 지켜내기 바랍니다. 힘내세요. 화이팅!

• 설날 연휴 끝에 몸살이 났습니다. 술 몸살이지요. 분수에 넘치게 고량주를 몇 병 마셨더니 그만 에고공, 경찰 후배님

승진 축하주 받아먹다가 탈났습니다. 병원에 갔다 왔지요. 밤중에 응급실에 가서 포도당 주사를 맞고 그랬습니다. 역시 송충이는 솔잎을 먹고 저는 맥주를 마셔야 한다는 걸 새삼 깨달았습니다. ㅋㅋ 벗님들이시여, 술이든 일이든 일찌감치 자신의 주 종목을 정하고 그리로 일로매진(一路邁進)합시다.

• 눈을 뜨고 보니, 태풍이 막 지나간 것처럼 세상이 고요합니다. 몽롱함 속에 하루가 지나가고 있네요. 전날 부산에서 동인지 탄생의 기쁨을 노래와 춤으로 풀어낸 기억이 꿈속처럼 가물거립니다. 여태 기분 좋습니다. 그대에게 기쁜 소식을 전할 수 있어 행복합니다. 새글터 만세~

33. 여자 남자

세상의 여자 남자여
서로 사랑하여라
여자와 남자
밀고 당기고
세상을 움직이는
지극한 두 기운
분위기로 남을망정
남자와 여자 사이
나이를 잊는다
여자와 남자
알싸한 향취
못다 핀 꽃으로
다가서는 운명

세상의 여자 남자여
서로 사랑하여라

남자는 해바라기
고운 해 따라
시선 돌아가는 해바라기
여자는 달맞이꽃
은은한 달빛 따라
몸 전체로 일렁이는 달맞이꽃
남자는
여자의 외모에 끌려
사랑을 생각하고
여자는
남자의 성격에서
사랑을 느낀다

아 세상의 여자 남자여
서로 사랑하여라
부드러움과 굳셈
직선과 곡선
우주 생성의 비밀한 힘
그러나 행여
세상의 절반이
꽃밭이래도

사계절 혼전만전
꽃이라 해도
잊지 말아라
몸 가까이
사랑을 주고받는
한 송이 꽃을

봄

• 풀잎 그림자 속으로 빠르게 햇살이 굴러 들어갑니다. 풀잎 이슬이 태양으로 다시 태어납니다. 찰나에 사이가 춤을 추고 여백이 노래합니다. 자연의 황홀한 빛 잔치가 시작되었습니다. 우리는 모두 하늘로부터 초대 받은 하객들입니다. 하느님, 고맙습니다.

• 사월의 마지막 날입니다. 여전히 바람이 차고 춥습니다. 봄의 실종 - 봄을 잃어버렸습니다. 이상화 선생은 '빼앗긴 들에도 봄은 온다.' 했는데, 지금은 '되찾은 들에도 봄은 사라져'가 되어 버렸습니다. 살아가기가 점점 힘들어집니다. 생존 경쟁이 한껏 치열해지고 있습니다. 못내 가슴이 아프군요. 모두가 평화로이 웃는 백화제방의 봄날은 어느 때 우리를 찾아올 것인지?

• 창 밖에 하늘이 희붐합니다. 비가 더 오려나 봐요. 이 비가 그치면 그대 가슴에도 내가 안개꽃으로 피어나기를 바랍니다. 그대가 내게 그런 것처럼.

• 현대인들은 당장의 쓸모와 당장의 소통이 아니라면 참

고 견디기를 힘들어합니다. 경박함과 조급증이 득세하는 시대입니다. 현재 학교나 교실 속에서 보이는 아이들의 명랑하고 활발한 모습조차 구김살 없는 천성의 밝은 모습이라고 좋게만 봐 줄 일이 아닌 것 같습니다. 표피적인 일방 소통 버릇과 지금 당장, 빨리 빨리의 유통 문화가 만들어낸 결과물로 여겨져 교육자로서의 내 기분이 순간마다 씁쓸했던 적이 더 많았음을 고백합니다.

여름

• 서문 시장에 홑이불 사러 가서 수제비 한 그릇을 먹었습니다. 단돈 2,500원. 먹는 도중에 땀이 장맛비처럼 줄줄 흘러내리더군요. 어찌나 뜨겁던지 마지막 한 국물까지 삼키는 데 1시간은 족히 걸린 듯합니다. 간이식당은 금방 이열치열의 실험실이 되었죠. 수제비와 땀 벅벅 사투를 치르면서 이런 것이 의미 있는 피서법이 아닐까 하고 생각했습니다.

• 영화 「설국 열차」를 봤습니다. 서사 장면에 재미가 깊어지면서 생각할 게 많아졌습니다. 「설국 열차」는 자본주의 세상을 상징 처리했더군요. 칸칸이 색다른 모습들은 돈 클래스의 차이였습니다. 후미 꼬리칸에서 심장이 있는 제일 앞 칸

까지 차례 짓는 자본주의의 낯익은 풍경들. 숭배의 대상인 윌포드 엔진은 자본 시스템의 영구동력 장치였고요. 거기서 우리는 절대 멈출 수 없고 멈추지 않는, 자본의 무한질주를 목격했습니다. 열차 바깥의 꽁꽁 얼어붙은 풍경은 자본주의 이전의 세상, 또는 인간이 없는 자연 상태 그대로를 표현하고 있는 듯이 보였습니다. 영화 속 주인공은 꼬리칸에서 앞칸으로만 죽기 살기로 이동할 것이 아니라, 송강호의 대사처럼 열차의 문을 열고 아예 바깥 세상 설국으로 나갔으면 어땠을까요? 결정이 쉽지 않겠지요. 왜냐하면 우리도 지금「설국열차」를 타고 있는 중이니까요.

• 장맛비가 줄기차게 내립니다. 화살처럼 대지에 꽂히는 빗줄기들. 인간의 욕심과 어리석은 심보를 보다 못해, 하느님이 혼내주러 보낸 하늘 군사들 같습니다. 그래서인가 불더위가 거짓말처럼 한 순간에 사라졌습니다. 아마도 불볕더위는 인간의 욕망 덩어리였나 봅니다.

• 부산에서 밤늦게 새콤달콤한 번개팅을 마치고 집으로 오다가 그만, 다른 곳으로 기차가 굴러 갔습니다. 까무룩 졸다가 내릴 곳을 지나쳐 버린 거지요. 그래도 용케 대전에서 기차를 돌려 타고 무사히 집에 돌아왔습니다. 이때 시간이

새벽 4시. 살 길은 하나뿐. 거실에 들어선 즉시 마님 앞에 바로 무릎 꿇었겠지요.

가을

• 비가 추적추적 힘겹게 내립니다. 그러나 조상의 음덕인가요? 단 며칠 만에 부티 나는 몸매로 변신. 후훗, 원상 회복에 각고의 노력이 필요한 시점입니다. 그러나 명절 증후군에 시달리는 이 나라의 여성분들을 생각하면 마음이 더욱더 편치 않습니다. 한가위 연휴에 일이란 일은 죄 다하고 애라는 애는 죄 다 먹고, 정말 고생 많습니다. 이 땅의 여성분들이여, 사랑하고 존경합니다. 화이팅!

• 한 조각 뜬구름이 나와 다른 게 무엇인가요? 흘러가는 시냇물은 나와 또 어떻게 다른가요? 무심의 경지가 일체유심조의 세계일 테죠.

• 햇살이 한결 엷어졌습니다. 마술과도 같이 계절이 용틀임을 하는군요. 용꼬리처럼 가을이 꽤나 길게 남아 있습니다. 오늘 하루, 용꼬리를 붙잡고 승천하는 꿈을 꾸어보면 어떨까요?

• 천천히 살고 싶으세요? 여유 있게 살고 싶으세요? 방법이 있습니다. 책을 읽으면 돼요. 독서는 아무 탈 것 없이 애오라지 자신의 힘으로 걷는 것이라고 할 수 있습니다. 주변 풍경을 찬찬히 누려가며 삶의 속도를 정리하면서 쉬엄쉬엄 여유 있게 걸어가는 것 - 이것이 독서가 주는 가장 큰 즐거움이 아닐까요?

겨울

• 벌써 1월의 끝자락에 닿았습니다. 살수대첩 치르듯이 마음을 벼리며 새해 하루를 살아갑니다. 그러나 바쁘고 힘들기만 하고 실속이 없습니다. 컨베이어 벨트 앞에서 허둥대던 찰리 채플린이 생각나는군요. 제 삶의 주인공이 되지 못하고 돈과 기계와 시간의 노예가 되어 살아가는 사람들 - 지금 우리들의 자화상입니다. 아차 하는 순간에 컨베이어 벨트가 우리를 내동댕이칠 것입니다. 시대의 속도에 맞춰 살아간다는 게 여간 피곤한 일이 아닙니다. 지금은 무한질주의 대한민국 시대입니다. 가끔 잘 노십시오. 자연을 벗 삼고 또 좋은 사람들과 어우러지는 시간을 누리며, 새 힘을 얻으십시오. 사랑하는 벗님들이시여, 건승을 빕니다. 화이팅!

• 시래깃국 속에 덜 풀린 된장덩이가 있군요. 그 속에서 유년의 추억 하나를 찾았습니다.

• 동짓날과 팥죽. 우여곡절 끝에 어젯밤 12시 직전에 팥죽 한 그릇을 먹었습니다. 동짓날 팥죽의 붉은 기운은 태양 빛이라지요. 삿됨을 쫓고 경사를 맞이하는 일 - 벽사진경의 소망을 한 입 가득 머금었습니다. 어쨌거나 세밑의 수선스런 마음을 팥죽 한 그릇으로 정돈하는 데 성공해서 기쁩니다.

• 자신감은 삶의 무한 에너지입니다. 자신감은 태양입니다. 자신을 믿으세요. 태양 없이 사람이 살 수 없는 것처럼.

• 세월이 가도 잊혀지지 않는 것이 있습니다. 이름 때문에 더욱 그렇지요. 세월호 사건 - 절대 잊지 않겠습니다.

34. 초파일 밤에

웬 바람이 이리 미친 듯 불까요
일렁이며 흘러가는 연등 불빛이
장엄한 꽃송이인 양 초파일 밤에
꽃잎 펼치고 화엄경을 잠깐 들려 주는데
오란 님은 안 오고 가란 밤은 안 가고
날은 깜깜 밤이고 맘은 먹장구름이고요
초파일 밤에 곰비임비 속은 자꾸 타고
샐녘 아침 걱정에 잠은 자꾸 달아나요

죽은 부처님도 만나보는 사월 초파일
연등 불빛이 생명의 강처럼 흐르는 밤거리에
흥성이는 사람들의 웃음소리 즐거운 소리
그 소리 혼자의 마음을 찔러오고
화려한 봄밤에 초파일이 서러워서
갈 곳 없이 더욱 아픈 밤을
달빛 아래 서성이고 있어요

바람은 부드러운 밤의 속살을
쉼 없이 흔들어대며 지나가고
기억 속에 살포시 잠들어 있던
오랜 님 생각을 숨 가쁘게 지펴내어요
밤바람이 미친 듯이 불어와
묻어둔 어제 일들을 공연히 건드립니다

아아 밤은 길고 초파일 연등 행렬 길고 길고
연약한 밤을 움켜 뜯는 바람 소리
나의 한숨조차 길고 긴데
하늘에서
바람 타고 내려오는
외로운 꽃비 몇 줄기
초파일 봄밤을 달래주어요

봄

• 능수버들 같은 봄비가 그립군요. 실실이 파랗게 내려오던 그 옛날 추억의 봄비를 다시 맞을 수 없을까요? 요즈막의 봄비는 거칠고 억세어 옛날 봄비 생각이 더욱 간절합니다.

• 예술가들은 공감의 방식을 통해 자신과 사회의 행복지수를 높이는 일에 발 벗고 나선 이들이 아닐까 합니다만. 이런 점에서 예술가들은 누구보다도 우선, 자신 스스로가 행복해야 합니다.

• 독재자는 자기 권력을 부당하게 사용하는 사람입니다. 조직 구성원을 판단할 때 그에게는 자기 편 아니면 그 반대의 적이 있을 뿐입니다. 차별 대우를 드러내놓고 아주 혹심하게 합니다. 그는 자기보다 강한 자에게는 비굴할 만큼 굽실거리고 자기보다 약자에게는 황제의 권력으로 군림합니다. 말하자면 그는 약육강식을 실천하는 동물입니다. 아직 인간이 아닌 거죠.

• 좋은 말은 덧셈으로 계산하고 나쁜 말은 뺄셈으로 계산하세요. 이 세상에는 수리 산술법이 적용되어야 할 분야가 아직 많이 남아 있어 참 다행입니다.

• 교실에 채송화 꽃대를 늘비하게 심었습니다. 같은 크기의 화분에 올망졸망. 그런데 한 달 후 놀라운 일이 벌어졌습니다. 럴수, 이럴 수가! 예상과 반대로 햇빛을 잘 받지 못하는 좀 먼 데 것이 키가 더 크고 꽃도 더 좋았습니다. 환경이 좋아도 방심하거나 게으르면 제대로 된 성장을 기약할 수 없다는 것이죠. 생활환경과 조건이 열악하면 오히려 더 빨리 각성하고 더 많이 노력하고 더 한결 열심히 산다는 사실입니다. 삶 역시 그런 게 아닌가 합니다. 햇빛이 모자라면 당연히 빛이 있는 쪽으로 몸과 맘을 더욱 기울여야겠지요. 열심히, 더 열심히! 오늘 하루도 열심히 살겠습니다.

• 마음과 만나지 못하면 보고도 만난 게 아니요, 헤어지고도 잊지 못하면 이별한 게 아니겠지요.

• 짐이라고는 달랑 배낭 하나. 그러나 겨울 옷가지가 잔뜩 들어 배낭은 배불뚝이가 되어서 어서 자기를 업어달라고 눈짓을 보냅니다. 잠시 고민하다 밤새 챙긴 짐을 그대로 갈무리한 채 떠날 채비를 합니다. 배불뚝이를 끙끙 업고서야 고난과 시련의 학교 야영 생활이 시작되었음을 내 몸의 모든 세포들이 소리치며 일깨워줍니다.

여름

• 벌써 입추, 가을의 문턱에 첫발을 들였습니다. 염제가 물러간 자리에 청풍명월이 곧 찾아오겠지요. 강더위에 살아남은 한 오리 힘을 모아, 저도 가을로 몸을 옮겨 보겠습니다. 같이 갈까요? 얍!

• 그래요. 세상에 별별 사람 다 있지만, 알고 보면 또 별 사람 없습니다. 사는 게 다 비슷해요. 하하하, 어쩌겠어요? 긍정의 빛을 열심히 모아 세상을 사랑하며 살 수밖에.

• 요즘 아이들은 참을성이 많이 부족합니다. 아이들은 재미있고 편리하고 신나는 일만 바랍니다. 심심한 것을 참아내지 못합니다. 진정한 참을성은 인내심에 머무는 것이 아니라, 삶의 빛나는 지혜이며 커다란 용기임을 알지 못한 채로. 참을성을 기르는 묘책 - 책을 읽는 게 답이 아닐까요?

• 7월도 이제 막바지입니다. 연휴 며칠간을 취생몽사로 지냈습니다. 사흘간의 달콤했던 날을 배웅하고 돌아서니, 남루한 일상이 빠른 걸음으로 마중 나오고 있네요. 멀어져가는 7월의 눈부신 뒤태를 보며, 아쉬운 마음을 접습니다. 새 신부

를 맞을 때까지 더 열심히 살겠습니다. 싱그러운 8월의 여름 처녀가 빨리 보고 싶군요.

• 모두를 끊임없이 바쁘게 만드는 현대 한국 사회의 흐름은 식민지 문화의 주류 현상입니다. 자본 권력의 전 지구적 식민지 세상입니다. 돈이 전횡을 부리는 야만의 세월이 찾아왔습니다. 예의 도덕과 인정이 사라진 시대라는 자각이 때없이 가슴을 칩니다. 어떡해야 하나요?

가을

• 가을이 이마까지 다다른 느낌입니다. 밤바람이 꽤 서늘하군요. 포도 위를 뛰어오르는 장대비의 옹근 빗방울 소리가 짐승의 힘찬 숨기척 같습니다. 새 출발을 알리는 신호탄이라 여기며, 마중하듯이 빠르게 가을 속으로 뛰어가렵니다. 같이 가시죠?

• 효도는 흉내만 내어도 아름답습니다. 부모 구존한 이는 지금 어쨌든 효자입니다. 유구무언. 저는 부모님이 다 돌아가셨지요. 불효자는 웁니다. 곁에 없는 부모님 때문에 웁니다. 아무 할 것이 없어 웁니다. 하늘 보고 웁니다. 구름 보고

웁니다. 먼 산 보고 웁니다. 불효자는 웁니다. 불효자는 눈물이 밥입니다. 하루하루 눈물로 부모님께 인사를 드립니다.

• 오랜만에 산에 올랐습니다. 먼지 같은 일상을 바람결에 흘려보냈죠. 구름과 함께 흐르다가 몇 시간 후에 집에 돌아왔습니다. 산바람에 몸속 정기가 팽팽해지고 머릿속이 맑아졌습니다. 다시 또 살 힘을 얻었습니다. 산신령님, 고맙습니다. 하느님, 고맙습니다.

• 천고마비의 계절이며 독서의 계절입니다. 정신을 살찌울 시간입니다. 그런데 이 가을에 진짜로 살이 찐다면, 죄송하게도 당신을 사람이 아니라 말[馬]로 간주하겠습니다.

겨울

• 겨울에 받는 책 선물은 마음의 보신탕입니다. 뜨끈하고 후끈합니다. 보약입니다.

• 꿈은 어디에? 오늘처럼 눈바람이 세차게 부는 날이면 나의 꿈은 동굴 속에서 꽁꽁 얼어 버립니다. 꿈은 희망일진대, 꿈을 꾸며 살아갈 일입니다. 실망과 좌절은 호주머니 속에

넣어 아예 지퍼로 채워 버리세요. 커가는 아이들 마냥 꿈이 자라게 잘 가꾸며 살아갈 일입니다. 오늘도 열심히 살겠습니다. 열심히 도전하겠습니다. 화이팅! 그대여, 응원해 주세요.

• 사람들은 왜 소설을 즐겨 읽을까요? 재미와 감동 때문에? 그렇다면 시나 시조에도 '감동' 외에 '재미'를 곁들이면 좋지 않을까요?

• 피카소의 본 이름은 '파블로 디에고 루이지 피카소'입니다. 파블로는 이름이고 디에고는 세례명이며 루이지는 아버지 성이고 피카소는 어머니 성입니다. 이렇게 길고 복잡한 이름을 우리는 피카소의 그림 작품처럼 단순 명쾌하게 '피카소'라고 부른다는 사실이 재미있군요.

• 집에 죽치고 있기엔 청춘이 아깝군요. 비가 세게 오는 통에 나가지도 못 하고. 당신께 편지를 씁니다. 한 점 햇볕인 양 받아주세요.

35. 내 사랑 꿈속에 갇혀 버렸네

잊지 못할 미소 하나로
사랑이 시작되었네
세찬 바람 휘돌아들던
겨울의 벽 허물어지고

문 열어 그 겨울의
문을 열어
쏟아지는 햇살 속에

빛보다 더 환하던
연꽃 같은 미소 있었네

그날 이후
눈부신 낮들 지나가고
내 사랑
꿈속에 갇혀 버렸네

봄

• 꽃망울 터뜨리는 소리를 눈으로 보는 즐거움이 있습니다. 봄이니까요. 사월의 귀한 선물입니다.

• 바람이 언제부턴가 강풍으로 느껴집니다. 몇 년 전부터 봄맞이조차 힘에 벅차군요. 춘풍이 감당이 안 되다니, 내게도 좋은 시절이 다 지나갔나 봅니다. 벗님이시여, 센 봄바람에 꿋꿋이 무게 중심을 잘 잡으시기 바랍니다. 건투를 빕니다. 화이팅.

• 세상을 쉽고 재미나게 사는 방법이 하나 있습니다. 여부가 있습니까? 책을 읽는 것이 그것이지요. 게다가 지금은 컴퓨터 시대라서 독서 효과가 옛날보다 백 배, 천 배 더욱 크고 말고요.

• 오늘은 식목일입니다. 새로 나무를 심기보다 있는 나무를 튼튼하게 가꾸고 싶군요. 후훗, 있는 그대로의 나 자신을 뿌리 깊은 나무로 만들고 싶습니다. 살랑바람에 잔가지와 잎사귀를 내주면서도 뿌리는 굽질리지 않아 꽃 좋고 열매 많은, 옹골찬 그런 나무로 살고 싶습니다만, 지금은 시절이 하

수상하여 봄의 숨결이 아직 내 가슴에 와 닿지 않고 있답니다. 그러나 하하하 웃으며 푸른 하늘을 한번 쓰윽 치어다보며 구름 나그네처럼 지내고픈 마음이야 변함없지요. 아자, 화이팅! 힘을 내겠습니다. 열심히 살겠습니다. 뿌리 깊은 나무처럼, 샘이 깊은 물처럼.

• 어린이날이 갓 지나가고 어린이날 아닌 날들이 밀려옵니다. 동심은 그만 집어치우라고 을러대면서 말이죠. 아아 저기를 보세요. 적들이 시간의 물살을 헤치며 떼거리로 몰려옵니다. 신변잡사와 고독한 싸움판을 벌여야 하는 일상의 시간들이 적군이 되어 일제히 진격해옵니다. 아아, 그대여 살아있기를, 살아서 다시 만나기를……그대의 건투를 빕니다.

여름

• 토요일 아침입니다. 담장 너머로 장미꽃 한 송이가 내게 환한 미소를 보내고 있군요. 그녀는 여름 바다를 그리는 정열의 여인 같습니다. 나는 이내 기분이 좋아집니다. 주말은 일상의 꽃입니다. 주말이 있어 일상이 아름답지요.

• 인격은 세포에 스며든 혼과 같습니다. 그러므로 어려서부터 잘 가르쳐야 합니다. 몸 속에 혼을 새겨야 합니다. 집이나 학교에서 예절 교육과 인성 교육이 중요한 까닭이 여기 있습니다.

• 부끄러움을 모르는 사람이 소인입니다. 소인불치(小人不恥) - 주역에 나오는 말입니다. 그러고 보면 현대는 소인배 전성시대라 할 만합니다. 그놈의 돈 때문에 염치가 다 무너져버렸습니다. 돈 중심(자본주의) 사회에서 사람들이 애오라지 돈을 우러르며 돈을 좇아갑니다. 사람들이 돈에 미쳤습니다.

• 시 한편을 눈부신 꽃이라 한다면, 그 씨앗은 아마도 감동일 것입니다. 생활 속에서 감동을 자주 발견하는 사람은, 시를 쓰지 않아도 그는 시인이며 예술가입니다. 마치 당신이 그런 것처럼.

가을

• 멀어져가는 가을의 발걸음을 낙엽이 뒤쫓아 가고 있네요. 아마도 둘이 사랑하나 봐요. ㅋ

• 가랑잎이 휘날리는 계절입니다. 낭떠러지에 다다른 폭포의 결단처럼 낙엽은 미련 없이 떠납니다. 아아 가을은 정녕 사색의 계절인가요? 부질없는 만 가지 번민과 천 가지 연민의 정이 구름처럼 몽글몽글 피어오릅니다.

• 깨달음은 혼자 찾아오지 않습니다. 어떤 깨달음은 기쁨을 몰고 나타나고, 어떤 깨달음은 슬픔을 몰고 나타납니다.

• 잘 자라기 위해서는 밤이 필요합니다. 성장에는 낮보다 밤이 더 중요합니다. 모든 생물에겐 기다림의 시간, 밤이 꼭 필요합니다. 당신과 내가 만나지 못하고 있는 지금이 나에게는 밤과 마찬가지입니다. 당신을 늘 생각하듯이 나는 낮을 사랑하고 또 밤을 사랑합니다.

겨울

• 국화차 향을 피우노라니, 몸은 겨울 속에 있어도 코와 입은 봄날입니다. 바쁜 일상을 부려놓고 차 한 잔하는 여유를 가져보심이 어떨지요? 이리 와서 차 한 잔 하시죠?

• 며칠간 제주도 다녀왔습니다. 15명 대가족이 어깨동무

하여 3박4일을 함께했지요. 남매 계 5년 모은 돈을 왕창 썼습니다. 제가 회장이고 막내 여동생을 총무로 해서, 우리끼리 일정을 짜고 차를 렌트해서 이곳저곳 다녔습니다. 잠수함도 타고 조랑말도 타고, 한라산에도 올라가고, 맛있는 것도 많이 먹었습니다~ㅋㅋ 죄송합니다. 혼자 다녀와서…… 다음부터는 그러지 않겠습니다. 제주 여행 마지막 날에 비가 내리더군요. 전체적으로 운이 좋았던 게지요. 제주도에서 갓 건져온 싱싱하고 흐뭇한 분위기를 이곳에 부려 놓습니다. 벗님들이시여, 받으옵소서.

• 시 100편 외우기에 도전해 보세요. 숙제가 끝나는 순간, 가슴에 환한 빛이 가득 들어찼음을 느낄 것입니다. 축하 축하~ 누구도 모르게 당신은 시인이 되었습니다.

• 사는 거, 바라는 거, 생각하는 거 다 똑같다면 세상에 무슨 재미가 있으려나요? 가만 놔두어도 똑같은데 말이죠. 눈 오면 좋기도 하고 나쁘기도 하고 수용 태도가 다양해야죠. 그래야 세상이 재미있어져요. 눈 내리는 걸 지금은 좋아해도 눈이 폭설이 되거나 처지가 달라지면, 내일은 기분이 영 불편할 수 있을 테지요. 만물은 일시에 통짜배기로 존재합니다. 변화와 다양성 때문에 우리 사는 세상은 흑백 세상이 아

니라 진작부터 총천연색입니다. 서울 경기도에 눈이 많이 내렸다지요. 대구도 어젯밤에 첫눈이 내렸습니다. 사설이 길었군요. 당신께 부탁드립니다. 지금 나의 이 긴 사설을 함박눈이라고 생각해 주세요. 내 마음을 즐겁게 받아주세요.

• 세상 끝날 때까지 사랑하며 살아요. 응원합니다. 벗님들의 가슴 뜰에 봄뜻이 늘 푸르게 피어있기를. 사랑합니다. 화이팅!

흔들리는 즐거움

초판 1쇄 발행일 2014년 10월 8일

지은이 이동훈
펴낸이 박영희
편집 배정옥·유태선
디자인 김미령·박희경
인쇄·제본 태광인쇄
펴낸곳 도서출판 어문학사
      서울특별시 도봉구 쌍문동 523-21 나너울 카운티 1층
      대표전화: 02-998-0094 / 편집부1: 02-998-2267, 편집부2: 02-998-2269
      홈페이지: www.amhbook.com
      트위터: @with_amhbook
      블로그: 네이버 http://blog.naver.com/amhbook
      다음 http://blog.daum.net/amhbook
      e-mail: am@amhbook.com
      등록: 2004년 4월 6일 제7-276호

ISBN 978-89-6184-350-8　03810
정가 12,000원